Der Sprung beim Niagarafalle

Vierter Band

SALZWASSER
VERLAG

Armand

Der Sprung beim Niagarafalle

Vierter Band

Unveränderter Nachdruck der Originalausgabe von 1864.

1. Auflage 2022 | ISBN: 978-3-75259-688-5

Verlag: Salzwasser Verlag GmbH, Zeilweg 44, 60439 Frankfurt, Deutschland
Vertretungsberechtigt: E. Roepke, Zeilweg 44, 60439 Frankfurt, Deutschland
Druck: Books on Demand GmbH, In de Tarpen 42, 22848 Norderstedt, Deutschland

Der Sprung vom Niagarafalle.

Vierter Band.

Der Sprung vom Niagarafalle.

Von

Armand.

Vierter Band.

Hannover.

1864.

Inhalt des vierten Bandes.

Neunundzwanzigstes Kapitel.

Dreißigstes Kapitel.

Einunddreißigstes Kapitel.

Zweiunddreißigstes Kapitel.

Dreiunddreißigstes Kapitel.

Vierunddreißigstes Kapitel.

Fünfunddreißigstes Kapitel.

Sechsunddreißigstes Kapitel.

Neunundzwanzigstes Kapitel.

Die Iowa-Indianer. Erkenntlichkeit. Theilnehmende Bemühung. Die Büffel. Der rettende Schuß. Indianer-Dankbarkeit. Die Wahl. Reise. Das Jagdrevier. Abschied. Der Biberjäger. Der graue Bär.

Die Wärme that Edward sehr wohl, und bald war er in tiefen Schlaf gesunken, aus dem ihn der Häuptling erst weckte, als schon die Sonne ihre hellen Strahlen durch das Holz warf.

Nun komm mit mir in mein Lager, damit unsere Frauen dir warme Speisen geben und du dich zu dem Ritte stärkst, den wir heute machen wollen; hoffentlich finden wir die Spur deiner Freunde.

Dort unten am Wasser liegt noch der Hirsch, den ich gestern schoß; willst du ihn nicht holen lassen? versetzte Edward, sich erhebend, und belud sich mit seinem Gepäck, während der Häuptling die Büffeldecken auf den Arm nahm und erwiederte, er werde einige Leute nach dem Hirsche senden.

Sie schritten nun zusammen aus dem Gestein hervor

zwischen den Bäumen hin und mußten sich bald links, bald rechts wenden, um dem vielen Astholze, welches der Sturm an die Erde geschleudert hatte, auszuweichen, und allenthalben fanden sie die Vertiefungen hoch mit den Eisstücken ausgefüllt, die in vergangener Nacht gefallen waren und welche die Rinde von den Bäumen gerissen hatten.

Siehst du wohl, wie die Stämme von dem Eise zerschlagen sind? Ein einziges solches Stück, wie sie hier umherliegen, ist hinreichend, einen Mann zu tödten; der große Geist hat dich beschützt und unter jenen Stein geführt, denn hätte dich der Sturm draußen in der Prairie getroffen, so warst du ohne Rettung verloren, sagte Utho im Vorwärtsschreiten, und Edward sah jetzt erst recht ein, welcher großen Gefahr er entgangen war.

Bald langten sie in dem Lager der Jowa-Indianer an, deren Zahl aus einigen sechszig jungen Männern und etwa dreißig jungen Weibern bestand. Sie hatten längs dem Ufer des Flusses mehrere Feuer errichtet, um welche die Männer auf ihren Thierhäuten ruhten, während die Weiber beschäftigt waren, das Frühstück zu bereiten. Sie benutzten hierzu eiserne Töpfe und Pfannen, so wie auch viele Blechgefäße, welche Gegenstände es kund thaten, daß sie mit den Weißen im Verkehr standen. Unmittelbar über dem Ufer zog sich ein hohes Cederdickicht hin, in welchem die Indianer während des Sturmes mit ihren Pferden und Maulthieren, deren sie gegen hundert Stück mit sich führten, Schutz gesucht hatten, und welche Thiere jetzt nahebei auf einem Grasstriche weideten, der sich hier aus der Prairie in das Holz erstreckte. Die Cederbäume trugen gleichfalls die Spuren des Eisregens und ihre obere Hälfte stand kahl wie Besenreis in die Höhe.

Edward mußte neben dem Häuptlinge bei einem Feuer Platz nehmen und wurde wie dieser von den Frauen mit Speisen versorgt.

Wo sind denn eure alten Leute und eure Kinder? fragte Edward.

Sie wohnen weiter nördlich in Niederlassungen an dem Des-Moines-Flusse zwischen den Missisippi- und Missouriströmen; nur unsere jungen Leute ziehen auf die Jagd, weil wir mit vielen anderen Indianern im Kriege sind und alte Leute und Kinder, ohne zu nützen, bei Zusammenstößen mit Feinden in Gefahr kommen. Sie bleiben Jahr aus Jahr ein zu Hause, bauen etwas Mais, was wir von euch Weißen gelernt haben, und halten Kühe, die sie mit Milch versorgen.

Edward beobachtete mit Erstaunen die Ruhe und Ordnung, mit welcher die Leute ihre Arbeiten verrichteten; die Weiber, welche nicht mit dem Bereiten der Speisen beschäftigt waren, putzten und besserten lederne Kleidungsstück und Sattelzeug aus, trockneten gegerbte Thierhäute und große lederne Zelte bei den Feuern und rieben sie wieder weich, während andere mit außerordentlicher Schnelligkeit und Geschicklichkeit Pfeile oder Fischgeräthe verfertigten. Die Männer waren mit Reinigen ihrer Büchsen beschäftigt oder säuberten den Stahl ihrer Messer, ihrer Streitäxte.

Es wurde beinahe Mittagszeit, ehe alle Schäden, welche das Unwetter angerichtet hatte, ausgebessert waren und die Pferde und Packthiere herbeigeholt wurden, um aufzubrechen. Als die Indianer nun ihr Gepäck aus dem Cederdickicht hervortrugen, bemerkte Edward, daß einer derselben seinen Sattel, Zaum und Pistolenhalfter trug. Er sagte es dem Häuptlinge, daß diese Gegenstände die seinigen wären, die er auf seiner Flucht bei seinem Pferde zurückgelassen habe, und Utho war erfreut darüber, sie ihm zurückgeben zu können, und sagte:

So sollst du auch das Pferd reiten, welches sie getragen hat, als ich selbst seinen Reiter von ihm herabschoß. Das Roß gehört zu dem Sattelzeug und ist dein Eigenthum, denn der Schurke, welcher dir deine Sachen stahl, hat dir mit ihnen sein Pferd hinterlassen.

Edward war tief ergriffen durch die uneigennützige Theilnahme und Freundlichkeit Utho's und dankte ihm auf das herzlichste dafür. Einem prächtigen Schwarzschimmel wurde nun auf Anordnung des Häuptlings das Sattelzeug Edward's aufgelegt und diesem das Roß zur Verfügung gestellt. Bald waren alle Pferde gesattelt, die Maulthiere bepackt, Männer und Weiber sprangen in die Sättel, und von dem Häuptlinge und Edward geführt, verließ die Karawane das Holz und zog in die offene Prairie hinaus.

Edward hatte dem Häuptlinge mitgetheilt, daß die Gegend, wo er von seinen Freunden getrennt worden war, mehrere Meilen weiter am Flusse hinauf, also südlicher gelegen war, weßhalb sie nun dieser Richtung am Walde hin folgten. Utho sandte den besten Spürer unter seinen Leuten einige Hundert Schritte voraus, damit derselbe ihm jedes Zeichen angeben sollte, welches Reiter hinterlassen hatten, die aus dem Holze gekommen oder in dasselbe eingedrungen waren. Sie hatten in dieser Weise einige Meilen zurückgelegt, ohne daß ein solches Merkmal gefunden worden wäre, und der Häuptling bedeutete Edward, daß es unmöglich sei, eine Spur von gestern noch zu erkennen, da der Eisregen das Gras fast in den Erdboden hineingeschlagen hatte, und daß nur dann Hoffnung vorhanden wäre, seine Freunde aufzufinden, wenn sie heute aus dem Walde herausgezogen seien.

Plötzlich blieb der Spürer halten und ließ den Zug

an sich herankommen, indem er dem Häuptlinge andeutete, daß hier sich eine frische Fährte befinde. Utho ritt herzu, hatte aber kaum den Blick an die Erde gerichtet, als er erklärte, daß die Spur nicht von Edward's Freunden herrühre, sondern daß sie durch eine Herde wilder Pferde erzeugt worden sei. Ohne weiteren Aufenthalt setzten sie ihren Ritt fort, und kurz nachher zeigte Utho auf jene Schar wilder Rosse, die wahrscheinlich die Zeichen hinterlassen hatten und jetzt weit in der Prairie flüchtig davon jagten. Edward fragte ihn, woran er es so unzweifelhaft erkannt habe, daß es wilde Pferde gewesen seien, worauf der Häuptling antwortete, daß diese Thiere keine Messer bei sich führten, womit sie den Rand ihrer Hufe glatt schneiden könnten, und deßhalb blieben dieselben rauh und eingebrochen, wie es das harte, lose Gestein so leicht hervorbringe. Nach einiger Zeit blieb der Führer wieder halten und zeigte abermals eine Spur an. Utho stieg dieses Mal von seinem Pferde, um sie genauer zu untersuchen, und nachdem er eine Zeit lang hin und her gespäht hatte, sagte er:

Es sind deine Freunde nicht gewesen, die Hufe der Pferde, welche die Sioux reiten, sind vorn kurz abgeschnitten, weil sie oft in die Berge kommen und das Pferd mit langem Hufe leicht gegen einen Stein stößt und stürzt, die Pahnees und die Comantschen aber lassen die Hufe ihrer Rosse vorn lang wachsen, damit sie weiter springen können und weil sie nur im flachen Graslande leben, wo der Boden nicht so uneben ist, als in den Bergen. Dieses sind Pahnees gewesen. Ich finde auch keine Maulthier-Fährte darunter, und du sagtest, die Sioux hätten deren zwei besessen.

Abermals setzte sich der Zug in Bewegung und ließ mehrere Meilen hinter sich zurück, ehe der Spürer wieder anhielt. Dieses Mal aber suchte Utho sehr lange im Grase umher und ging weit in die Prairie hinaus. Dort blieb er endlich stehen und winkte seinen Gefährten, zu ihm zu kommen.

Dieses sind sechs bis sieben Reiter gewesen, denen zwei Maulthiere gefolgt sind. Es ist möglich, daß diese Spuren von deinen Freunden herrühren; wir wollen ihnen folgen, sagte der Häuptling zu Edward, bestieg sein Pferd, welches der Spürer geleitet hatte, und ritt nun allein voran. Nach einiger Zeit hielt er wieder an, beugte sich neben dem Halse seines Rosses nieder und heftete seinen Blick auf die Erde. Dann sah er sich nach Edward um und fragte:

Führten deine Freunde zwei Zelte mit sich, als ihr euch trenntet?

Nein, wir hatten nur ein großes Zelt, und das

ließen wir in jenem Wäldchen zurück, in welchem uns die Pahnees belagerten.

So sind dies deine Freunde nicht gewesen, denn die Maulthiere dieser Reiter tragen beide Zeltstangen, die mit den Spitzen hinter ihnen herschleifen; hier kannst du genau die Spuren der Stangen sehen, versetzte Utho, und lenkte sein Roß dann wieder nach dem Walde zurück, während Edward traurig über die getäuschte Hoffnung an seiner Seite ritt und der Spürer wieder vorauszog.

In dieser Weise folgten sie, bis sich die Sonne schon neigte, dem Saume des Waldes, ohne die ersehnten Zeichen zu finden, da rief Utho plötzlich den Spürer zurück, hielt sein Pferd an und rief seinen ihm folgenden Leuten zu, daß etwa eine halbe Meile weit vor ihnen so eben eine Herde Büffel aus dem Walde in die Prairie ziehe, und daß sie sich bereit machen sollten, einige derselben zu erlegen, um frisches Fleisch und einige Markknochen für seinen Gast zu bekommen.

Schnell gaben die Reiter ihr sämmtliches Gepäck an die Frauen, so daß sie nichts weiter als ihre Bogen und Pfeile bei sich behielten, und ritten nun dicht hinter ihren Häuptling, während die Weiber den Schritt ihrer Pferde mäßigten und in einiger Entfernung folgten. Auch Utho hatte seine Büchse an eine Frau gegeben und dagegen einen Bogen und Köcher mit Pfeilen von ihr genommen, und Edward öffnete die Deckel seiner Halftern, um die Pistolen zur Hand zu haben.

Der Häuptling ritt nun voran, und bald sah man deutlich die Büffelherde von einigen Hundert Stück langsam grasend in der Prairie hinziehen. Sie hatten jetzt in einer Entfernung von einer Viertelmeile eine Höhe erreicht, und Utho hielt seinen Zug an, damit die Büffel von dort ihn nicht bemerken sollten. Erst als der letzte derselben hinter dem Hügel verschwunden war, ritt der Häuptling wieder vorwärts, und zwar mit seiner ganzen Schar in vollem Trabe. Bald hatten sie den Hügel erreicht, zogen an ihm hinauf und erblickten, auf der Höhe angekommen, die Herde nur wenige Hundert Schritt vor sich in dem Thale. In Carriere saus'ten jetzt die Jäger in die Vertiefung hinab, die Büffel schauten einen Augenblick verwundert nach ihnen hin, setzten sich dann in Galopp und suchten in gedrängter Masse das Weite. Wie ein Sturmwind aber braus'te die wilde Jägerschar hinter ihnen her, hatte sie nach wenigen Minuten eingeholt und sprengte mitten in ihren Haufen hinein, daß derselbe sich theilte und die erschreckten Thiere nach allen Richtungen hin aus einander stoben. Die Jäger stürmten ihnen vereinzelt nach, ein Jeder wählte sich sein Opfer, schwirrend saus'ten die Pfeile in die Riesenkörper der fliehenden Büffel und hier und dort stellte sich einer dieser Kolosse zum Kampfe oder stürzte schwer getroffen auf den Boden nieder.

Der Häuptling und Edward verfolgten zwei alte, männliche Büffel, die in nicht großer Entfernung von einander mit ungewöhnlicher Schnelligkeit vor ihnen flohen, und Edward war der Erste, der an die Seite seines Jagdopfers gelangte. Er feuerte eine Pistole nach ihm ab, das Thier verdoppelte seine Eile und erfüllte mit lautem Gebrüll die Luft, als der Schuß aus der zweiten Pistole es jählings zu Boden stürzte. Edward jagte an ihm vorüber und war bemüht, sein aufgeregtes Roß zu pariren, als er einen Blick nach Utho hinwarf und sah, wie in diesem Augenblicke dessen Pferd sich hoch bäumte, der Büffel demselben mit gesenktem Kopfe unter den Leib rannte und sein Horn ihm in den Körper stieß. Roß und Reiter überschlugen sich, Utho lag mit einem Fuße gefangen unter seinem Gaule, und der wuthschäumende Büffel wühlte in den Eingeweiden des um sich schlagenden Thieres.

Mit Sturmeseile hatte Edward den Kampfplatz erreicht, riß seinen Schimmel auf das Hintertheil nieder, sprang aus dem Sattel und zerschmetterte in einer Entfernung von nur wenigen Schritten mit einem Büchsenschusse den Schädel des Büffels. Wie vom Blitze getroffen brach das ungeheure Thier todt zusammen, und Edward sprang, die Büchse von sich werfend, dem Häuptlinge zu Hülfe, um ihn von der Last des sich windenden sterbenden Pferdes zu befreien. Er ergriff dasselbe beim Kopfe und in der Mähne, hob das Vordertheil des Thieres mit allen Kräften etwas empor, und Utho zog seinen Fuß unter demselben heraus.

Du kamst noch zu rechter Zeit, Sam, in wenigen Augenblicken würde der Büffel mich zu meinen Vätern in die ewigen Jagdgründe gesandt haben, sagte der Häuptling zu Edward, indem er sich mühsam aufrichtete — du hast mir das Leben erhalten und ich danke dir dafür; ich bin dein Schuldner und will meine Schuld abtragen, sobald ich kann.

Dabei reichte er Edward die Hand, der dieselbe freudig schüttelte und fragte: Bist du nicht verwundet?

Nein, das Pferd schützte mich und ich lag sehr ruhig, sonst hätte der Büffel sich früher zu mir gewandt; mein Fuß schmerzt mich ein wenig. Hättest du das wüthende Thier nicht todt hingestreckt, so würde es dich im nächsten Augenblicke getödtet haben.

Ich hatte noch einen Schuß, entgegnete Edward, auf den kolossalen Körper des Bullen schauend.

Der würde dir nichts geholfen haben, denn du würdest unter dem stürzenden Ungeheuer erdrückt worden sein, sagte Utho, und schaute nun den Indianern entgegen, die von allen Seiten herangesprengt kamen, um zu sehen, was ihrem Häuptlinge widerfahren war. Erschrocken sammelten sie sich um ihn und hörten aus seinem Munde, in welcher Weise Edward ihn dem sicheren Tode entrissen hatte.

Mit Zeichen tiefen, innigen Dankes wandten sich die Wilden nun nach diesem hin und reichten ihm sämmtlich die Hand. Die Frauen kamen auch herangeritten, es wurde ein anderes Pferd für den Häuptling gesattelt, und während dieser mit Edward, von einigen Weibern gefolgt, dem Walde zuritt, blieben alle Uebrigen in der Prairie zurück, um sich mit den Häuten, dem besten Fleische und den Markknochen der erlegten Thiere zu beladen. Utho und seine Begleiter lagerten sich an dem Waldsaume, wo der Fluß sich ganz in der Nähe befand, und bei Sonnenuntergang trafen die Jäger und die übrigen Frauen mit der reichen Beute aus der Prairie bei ihnen ein, worauf ein köstliches Mahl bereitet wurde.

Am folgenden Tage führte Utho seine Schar durch den Wald an dessen andere Seite, um in gleicher Weise rückwärts nach der Spur der Sioux zu suchen, aber obgleich er viele Zeichen von Indianern fand, so blieb doch jedes Merkmal von Edward's Freunden unentdeckt.

Du wirst mit mir reiten müssen, denn ich gebe jede Hoffnung auf, dich hier zu deinen Freunden zu führen, sagte der Häuptling Abends, als sie wieder bei dem Lagerfeuer ruhten — du sollst aber Antheil an der Beute haben, die ich während der Zeit mache, bis ich dich zu den Wohnungen der Sioux bringe.

Der Zweck, der mich in diese Länder führte, war, auf den Biberfang zu gehen, und wenn mir deine Leute Fallen borgen wollten, deren sie ja viele bei sich führen, so würde ich es vorziehen, dieser Jagd zu folgen, sie ist die einträglichste, entgegnete Edward fragend.

Wie du willst; jede Falle, die meine Leute besitzen, sollst du haben, und mein bestes, treuestes Packthier, um dieselben und die anderen Gegenstände, die ich dir zu deiner Ausrüstung geben werde, zu tragen. Ich führe dich in die reichsten Biber-Reviere, wo noch kein weißer Mann eine Falle gestellt hat, wo der Winter dich nicht plagt und wo selten die wilden, bösen Indianer hinkommen. Dort in der ganzen Gegend kannst du Biber fangen, bis ich von meinem Jagdzuge zurückkehre, und dann reitest du mit mir nach den Wohnungen der Sioux, sagte der Häuptling mit warmer Theilnahme, und setzte nach kurzem Sinnen noch hinzu: Wenn du Glück hast, kannst du viel Geld dabei erwerben, denn deine weißen Brüder zahlen die Biberfelle gut. Es ist aber ein mühseliges, einsames und gefahrvolles Leben, nicht allein feindliche Indianer können dir nachstellen, auch der graue Bär ist in jenen Gegenden zu Hause und der ist schlimmer, als böse Menschen. Ueberlege es dir, wie du es bestimmst, so soll es sein und auf meine Hülfe kannst du rechnen. Morgen früh ziehen wir von hier weiter.

Edward verbrachte die Nacht in schweren Gedanken und Sorgen. Seine Hoffnungen, seine Aussichten auf das Erreichen seines einzigen Lebenszieles waren so sehr durch die Wirklichkeit herabgestimmt, daß er nicht wußte, was er überhaupt noch hoffen durfte. Das Schicksal hatte ihn in seinem Streben nach dem Besitze seines einzigen Glückes, seiner Agnes, Schritt für Schritt immer weiter von ihr entfernt, und unwillkürlich kam ihm der Gedanke, wie ganz anders seine Lebensbahn gewesen sein würde, ohne die Liebe. Der Hirsch an der Teufelsklippe fiel ihm immer wieder ein, und immer wieder kam es ihm vor, als führe ihn jeder seiner Schritte dem Abgrunde näher. Was aber wäre ihm ein zehnfaches Leben voll Glück und Reichthum ohne Agnes, und was waren alle Mühseligkeiten, alle Leiden, alle Qualen für ihn, so lange er noch einen Schimmer von Hoffnung festhalten konnte, die Geliebte sich dadurch zu erringen! Der Gedanke aber an Aringthur wollte ihm das Herz zersprengen, und doch, wie war es möglich, daß dieser Mann, den er so über alles geachtet, verehrt, geliebt hatte, ihm jetzt so entsetzlich zuwider, so verhaßt war, daß es ihn wie mit schneidendem Messer durchzuckte, wenn er an ihn dachte! Er brauchte ihn ja nicht zu hassen, nicht zu fürchten, denn die Liebe seiner Agnes konnte er ihm nicht nehmen, wenn er auch alle Schätze der Welt besessen hätte; und diese Ueberzeugung allein war es, welche Edward's ermattenden Geist noch aufrichten konnte und ihm immer wieder Thatkraft in das Herz legte, mit dem Schicksal um sein Lebensglück zu ringen; und ringen wollte er mit ihm und wenn die Liebe ihm auch seinen Untergang bereiten sollte. Er war ja jetzt auf dem Wege nach jenen Gegenden, wo er sich ein Vermögen erwerben konnte, ob ihn Sturton nun dorthinführte, oder Utho, das war ja gleich.

Edward schlief endlich mit dem festen Entschlusse ein, sich von Utho nach den Biber-Revieren führen zu lassen und dort sein Glück zu verfolgen.

Am anderen Morgen theilte er dem Häuptlinge diesen Beschluß mit, und derselbe versprach ihm, Alles aufzubieten, um ihm zur Erreichung seines Zweckes behülflich zu sein.

Noch an diesem Vormittage wurde das Lager abgebrochen, die Maulthiere bepackt, die Pferde gesattelt und die Reise angetreten.

Drei Wochen lang war die Schar in eiligen Tagesmärschen rastlos nach Südwest gezogen, das Klima war immer milder, immer reizender geworden, die abgestorbene Vegetation hatten die Wanderer nach und nach hinter sich zurückgelassen, ewig grüne, mit Blumen bedeckte Prairien und saftig grüne Wälder hatten sie in sich aufgenommen, und die Cordilleren erhoben sich in ihrem Purpurgewande mit ihren eisgekrönten Spitzen vor Edward's erstaunten Blicken. Die flachen Prairie-Länder hatten die Jäger verlassen und waren in die Berggegenden, die Ausläufer der Cordilleren, eingedrungen.

Zwischen zwei von Westen nach Osten laufenden und sieben bis acht Meilen aus einander gelegenen Gebirgszügen schlugen sie eines Abends an einem seichten, krystallhellen Bergwasser ihr Lager auf, und Utho erklärte Edward nun, daß er hier in seinem Jagdreviere angekommen sei.

In diesem Thale sollst du deine Fallen stellen, sagte er zu ihm, es ist in allen Richtungen von kleinen Flüssen durchzogen und alle sind mit Bibern bevölkert. Diese Gewässer entspringen hoch oben in den Cordilleren, aus denen sie als unbedeutende Bäche herabrieseln, sich während ihres Laufes vereinigen und zu Flüssen verbinden, sobald sie dieses Thal erreichen. Du kannst dich hier nicht verlieren, und ich werde im Stande sein, dich bei meiner Rückkehr leicht wieder aufzufinden. Morgen wollen wir einen passenden Ort suchen, den du zu deinem Hauptquartiere machen sollst und an welchem wir nach fünf Monaten wieder zusammentreffen werden. Für diese Zeit findest du genug Beschäftigung im Thale und wirst nicht im Stande sein, alle Biber wegzufangen, die sich darin aufhalten, denn noch ist keine Falle hier gestellt worden. Der Fluß vor uns war sonst hoch mit Wasser angefüllt; jetzt ist er seicht, weil die Biber ihn weiter hinauf abgedämmt und in den dadurch dort entstandenen Seen ihre Colonieen angelegt haben.

Lange noch unterhielt sich der Häuptling mit seinem Gaste und gab ihm Lehren und Anweisungen für sein hier zu beginnendes Jägerleben, während Edward sich neuen Glücksträumen überließ und die Hoffnung wieder feste Wurzel in seinem Herzen schlug.

Am folgenden Morgen verließ er mit dem Häuptling das Lager, um den Ort zu wählen, der ihm als Haupt-Niederlassung dienen sollte, und sie lenkten ihre Pferde an dem Flusse hinauf. Die Ufer desselben waren mit schmalen Waldstreifen bedeckt, zu deren beiden Seiten sich üppige, frischgrüne Grasfluren bis zu den nächsten Gehölzstrichen ausbreiteten, die abermals auf fließendes Wasser in ihren Schatten deuteten. Wenn nicht einzelne entblätterte Baumkronen dagegen geredet hätten, so würde man geglaubt haben, daß der Frühling diesem Thale niemals Lebewohl sage; denn der Wald glänzte in seinem immergrünen Laube so frisch, so üppig, und aus seinen dunkeln Massen schauten so prächtige Blumen hervor, daß der leblose, ruhende Winter nirgends zu erkennen war. Dabei spannte sich der hohe, azurblaue Aether wolkenlos von Berg zu Berg, leise, wonnig milde Lüfte durchsäuselten die Wipfel der hochstrebenden Palmen und Cypressen, und rauschend stürzten sich in lustigem Spiele die krystallklaren Wellen der Bergströme über mächtiges Granitgeröll. Zahlreiche Rudel von Hirschen weideten in allen Richtungen, die leichtfüßige Antilope spielte in graziösen Sprüngen über die blumenbedeckte Glasflur, und das buntglänzende Gefieder umherschwirrender Vögelscharen blitzte und funkelte im goldenen Sonnenlichte. Es war das Bild des Paradieses aus den Kinderträumen Edward's, welches ihn hier umgab, und seine Sehnsucht zauberte ihm, wohin er blickte, die Gestalt der Geliebten vor sein geistiges Auge.

Wohl eine halbe Stunde waren die Reiter dem Ufer gefolgt, als mächtige Felsen, zwischen welche der Fluß eingeengt war, ihren Weg sperrten und sie ihre Pferde am Zügel durch dieselben hin und her leiten mußten. Wo die hohen Steinmassen sich wieder nach beiden Seiten ausdehnten, öffnete sich vor den Blicken der Fremdlinge abermals ein weites, mit Wald- und Auen geschmücktes Thal, und unmittelbar vor ihren Füßen breitete sich der Fluß in dem klaren Spiegel eines See's aus.

Sieh' hier das Werk der Biber, sagte der Häuptling zu Edward, indem er auf ein dichtes Gestrüpp zeigte, welches sich vor dem See von einem Ufer des Flusses zum anderen zog und aus welchem dessen Wasser hervorsprudelte. Dies ist ein künstlich von den Bibern aufgeführter Damm, durch dessen Errichtung sie den Fluß abgedämmt und den See oberhalb geschaffen haben. Von den einzelnen Stämmen und Aesten, aus denen der Damm besteht und welche die Biber gefällt haben, ist schon nichts mehr zu erkennen, obgleich das Werk erst vor wenigen Jahren aufgeführt wurde; es ist mit Pflanzen und Büschen so dicht überwachsen, daß man glauben sollte, die Natur hätte es so geschaffen. Wenn wir es thun wollten und machten dem Wasser eine leichte Oeffnung in den Damm, so würden sich die Fluten bald wieder die natürliche Bahn brechen und nach wenigen Stunden der ganze See verschwunden sein. Wir wollen aber die Erbauer nicht stören, deren Wohnungen du allenthalben wie hohe Reiserhaufen aus dem Spiegel des See's hervorschauen siehst. Du kannst hier auf mehrere Hundert Felle rechnen.

Utho wand sich nun mit seinem Begleiter über dem Seeufer an den Felsen hin und spähte um sich nach einem passenden Platze, der zum Aufenthalte für Edward eingerichtet werden könnte. Die Natur bot hier aber, ohne menschlicher Nachhülfe zu bedürfen, verschiedene solcher Oertlichkeiten, von denen eine Höhle unter überhängenden Granitmassen Utho's Aufmerksamkeit besonders anzog. Dieselbe wurde untersucht und wie für eine Wohnung bestimmt befunden. Der Eingang in dieselbe war, wenn auch schmal, doch weit und hoch genug, um einem Pferde Zutritt zu gewähren; ihr innerer Raum war sehr groß, dehnte sich weit unter das zu beiden Seiten schräg aufsteigende Gestein und verengte sich nach hinten, wo kein Lichtstrahl mehr in ihn eindringen konnte.

Dies ist ein herrlicher Ort für dich, er ist geräumig genug, um des Nachts dein Pferd und Maulthier in deiner Nähe zu haben, so wie deine gesammelten Felle zu bewahren, und er ist so versteckt gelegen, daß so leicht kein Indianer dich hier finden wird. Du mußt nur vorsichtig sein und vermeiden, irgend ein Zeichen deines hiesigen Aufenthaltes in der Umgebung zu hinterlassen, sagte Utho, sich in der Höhle umschauend, und setzte nach einer Weile noch hinzu: Es ist aber auch ein sehr einladender Ruheort für einen grauen Bären, und es sollte mich gar nicht wundern, wenn dir gelegentlich einer dieser ungebetenen Gäste einen unverhofften Besuch abstattete. Halte Nachts immer das Feuer im Brennen, das ist das Einzige, was diese Ungeheuer zurückschreckt.

Darauf gingen sie hinaus zu ihren Pferden, führten dieselben zurück durch das Gestein und ritten dann wieder nach ihrem Lager.

Ich würde mir in deiner Stelle in einiger Entfernung von der Höhle zwischen Gestein ein Versteck suchen oder selbst herrichten, um die gesammelten Felle dort zu packen und zu verbergen, damit, wenn dich irgend eine Nothwendigkeit zwingen sollte, deinen Aufenthaltsort zu fliehen, sie nicht gleich gefunden und dir genommen würden, bemerkte der Häuptling während des Reitens und gab Edward noch einige Winke, wie er die versteckten Felle gegen Nässe bewahren solle und auf welche Weise er deren Auffinden einem fremden Auge schwierig machen könne.

In dem Lager angekommen, ließ Utho nun einige zwanzig eiserne Fallen, einen Vorrath von Pulver und Blei, mehrere prächtige, weichgegerbte Büffelhäute, eine Axt, einen eisernen Topf, eine Bratpfanne und noch viele andere Gegenstände für Edward packen, um sie nach seiner Höhle zu befördern. Die Frauen bereiteten während dieser Zeit das Abschiedsmahl, und nachdem dasselbe eingenommen war, wurden die verpackten Sachen auf ein großes, kräftiges Maulthier geladen, und Edward brach dann mit dem Häuptlinge und einigen von dessen Leuten nach seinem künftigen Wohnorte auf. Bald hatten sie die Höhle wieder erreicht, dem Packthiere wurde seine Bürde vor derselben abgenommen und sämmtliche Gegenstände in ihrem Innern untergebracht. Darauf fragte der Häuptling Edward, ob er ihm noch irgend einen Wunsch erfüllen könne, und nachdem dieser herzlich dafür dankte, nahm Utho Abschied von ihm, schüttelte seine Hand, wünschte ihm alles Glück, empfahl ihm nochmals die größte Vorsicht an und wiederholte sein Versprechen, nach fünf Monaten ihn hier wieder aufzusuchen, um ihn nach seinen Freunden, den Sioux, oder, wenn er es wünschen sollte, irgend anderswo hinzuführen. Noch einmal reichte er ihm die Hand, sagte ihm Lebewohl und ritt davon.

Edward war nun allein in der weiten Wildniß, umgeben von unzähligen Gefahren und fern von jeder menschlichen Hülfe; aber er war auch auf dem ersehnten Platze angekommen, von wo aus er sein Lebensziel, sein Glück zu erreichen hoffte, und mit hochschlagendem Herzen und liebeglühenden Gedanken an Agnes begrüßte er diese fremde Erde. Er hatte das Pferd und das Packthier in das Gras geführt, richtete sich darauf in seiner Wohnung ein, machte einen Platz für das Feuer darin zurecht, trug trockenes Holz herbei und belud sich dann mit Fallen und mit seiner Büchse, um sofort den Biberfang zu beginnen. Gleich nahe bei der Höhle legte er die erste Falle unter die Oberfläche des Wassers an das Ufer und pflanzte ein mit Bibergeil bestrichenes Reis davor in der Erde auf, damit dessen Geruch die Thiere heranlocken und auf das zum Fangen gestellte Eisen führen sollte. Ein Gläschen mit Bibergeil hatte er von Utho erhalten. An den langen Lederstreifen, der an der Falle befestigt war, band er einen Busch, damit derselbe ihm, auf der Oberfläche schwimmend, den Fleck in dem See bezeichnen sollte, wohin ein gefangenes Thier sich mit dem Eisen geflüchtet habe. In Entfernungen von hundert Schritten stellte er zwölf Fallen an dem flachen Ufer des Sees auf, erlegte dann noch einen feisten Hirsch, der mit seinen Gefährten ihn unbekümmert zu sich herankommen ließ und ihn verwundert anschaute, bis ihm das tödliche Blei durch das Herz fuhr, und mit dem Fleische und mit der Haut des Thieres beladen kehrte Edward nach seiner Höhle zurück.

Er hatte nun seine Arbeit begonnen, durch die er sich Agnes erringen wollte, und seine ganze Lebenskraft ward neu angefacht durch den Willen, alle Hindernisse zu bekämpfen, die ihm in seinem Streben nach diesem Ziele in den Weg treten würden. Er führte seine beiden

Thiere in die Höhle und befestigte sie dort an Holzpflöcke, die er mit der Axt in das Gestein trieb, zündete dann in der Mitte des Gewölbes ein Feuer an und erschien mit der Büchse in der Hand abermals vor dem Eingange, als die Sonne hinter den fernen Cordilleren versinken wollte.

Eine heilige Stille ruhte in dem Thale, See, Wald und Grasflur waren in den Schleier des Abends gehüllt, Hügel, Felsen, Berge und Gebirge stiegen ferner, höher und duftiger über einander auf, bis der Saum der Anden wie eine Purpurwolke über ihnen hervorsah, aus der sich ihre eisigen Spitzen wie durchsichtige, krystallene Schlösser zu dem rothglühenden Himmel erhoben und die letzten Strahlen der sinkenden Sonne von ihren Häuptern über die dunkelnden Länder blitzten. Alle Farben des Rubins und des Diamants glühten noch um die eisigen Zacken, als schon die Nacht Berg und Thal in ihren Mantel gehüllt und das dunkle Himmelszelt sich mit seinem Sternengeschmeide bedeckt hatte.

Edward war vor dem Eingange der Höhle auf einem Felsstücke niedergesunken, und der Zauber des Bildes, das sich vor seinem Blicke entfaltete, hielt sein Auge gefesselt, seine Seele aber hatte Agnes, die Geliebte, zu ihm geführt und hielt sie in sehnsüchtiger Liebe umfangen. O, wäre es Wirklichkeit gewesen, hätte sie in

Wahrheit jetzt an seinem Herzen geruht, was hätte ihnen noch an einem irdischen Paradiese gefehlt! Edward's Brust war so übervoll, die Sehnsucht wollte ihm das Herz zersprengen: — wenn Agnes doch nur den Ort gekannt hätte, wo er jetzt weilte und ihrer in heißer Liebe gedachte! Es kam ihm vor, als könne ihre Seele die seinige in dieser Wildniß nicht finden, und doch war es ihm wieder, als ob er sie um sich fühlte, als ob er nur die Arme nach Agnes auszustrecken brauche, um sie in Wirklichkeit an seine Brust drücken zu können.

Das Stoßgeheul eines Jaguars weckte Edward aus seinen Träumereien, und das nächtliche Leben der Thierwelt, welches nun laut wurde und dessen schauerliche Stimmen das Echo durch die Berge trug, erinnerte ihn an die Gefahren, die ihn umgaben. Er ging in die Höhle zurück, fachte das Feuer frisch an und bereitete vor dessen Gluth sein Abendbrod. Auf seinen Büffelhäuten hingestreckt, ließ er noch lange die Bilder seines Schicksals vor seinem Geiste vorüberziehen, bis das eine beseligende unter ihnen, das Bild seiner Agnes, alle anderen verdrängte und ihn an dem Herzen der Geliebten in goldene Träume wiegte.

Noch zitterte das ungewisse Licht der Morgendämmerung in dem Thale und ein durchsichtiger Nebelschleier lag über der Grasflur ausgebreitet, als Edward, von sanftem Schlafe erquickt, aus der Höhle hervortrat und die fernen Höhen der Cordilleren seinen Blick auf sich zogen. In dem rosigen Lichte des nahenden Morgens erhoben sich die rothen Granitgebirge aus der noch düstern Landschaft unter ihnen, und das Gold der im Thale noch nicht sichtbaren aufsteigenden Sonne glänzte und funkelte auf ihren eisgekrönten Häuptern. Die Vögel stimmten ihre Morgenlieder an, hier und dort weideten in friedlicher Ruhe Hirsche und Antilopen in dem vom Thau erfrischten Grase, und in nicht großer Entfernung standen acht männliche Büffel, die, wie es schien, aus dem nächsten Waldstriche hervorgetreten waren und jetzt ihre riesigen Köpfe in den hohen Kräutern der Prairie vergruben. Edward sah eine Zeit lang nach ihnen hin und überlegte, ob er eines dieser Thiere schießen solle, welches er mit Leichtigkeit ausführen konnte. Er dachte aber dann, daß er für das viele Fleisch eines Büffels, der doch wenigstens sechszehn Centner wog, keine Verwendung habe, und daß durch dessen Liegenbleiben im Grase nur die Raubthiere aus der Umgegend herangezogen würden. Auch hatte er noch hinlänglich Vorrath an dem Wildpret des Hirsches, den er geschossen, und die gefangenen Biber mußten ihn nun noch mit Leckerbissen versehen; darum unterdrückte er die Jagdlust und begnadigte die ruhig grasenden Büffel. In diesem Augenblicke aber hoben dieselben sämmtlich ihre Köpfe aus dem Grase empor und schauten sich nach dem Walde um. Unbeweglich hielten sie ihre Aufmerksamkeit nach dem Dickicht gerichtet, als dasselbe sich plötzlich theilte und ein riesiger grauer Bär aus ihm hervorgestürzt kam.

Die Büffel jagten, als sie das Ungeheuer erblickten, erschrocken davon; der Bär aber folgte ihnen in solchen weiten Sätzen, daß er sie nach wenigen Minuten eingeholt hatte. Der größte und schwerste der Büffel, dem sein Feist wohl beim Laufen hinderlich sein mochte, war hinter seinen Cameraden zurückgeblieben, und der Bär hatte ihn kaum erreicht, als er im vollen Sprunge seine furchtbare Tatze nach dem Hinterbeine des fliehenden Kolosses ausstreckte und ihm die Hauptsehnen aus dem Gelenke herausriß. Im nächsten Augenblicke hatte er dasselbe an dem anderen Hinterbeine des Büffels vollbracht, und dieser stürzte, unfähig, sich wieder zu erheben, unter furchtbarem Gebrüll zusammen. Der Bär ging nun wie seines Opfers gewiß um das sich in Schmerz und Angst wälzende Thier im Kreise herum, als wolle er sich von seinem Laufe erholen, ehe er zum Frühstücke schreite. Plötzlich aber warf er sich mit Blitzesschnelle auf den Büffel, erfaßte ihn mit seinem Rachen unter dem Halse, klammerte sich mit beiden Vorderfüßen um dessen Schultern fest, riß ihm mit seinen Hintertatzen den Bauch auf und schleuderte, hinten ausschlagend, dessen Eingeweide weit in das Gras hinaus. Das Klagegebrüll des Büffels schallte durch das Thal und wurde rundum von den Bergen wiedergegeben, doch bald erstarb der letzte Laut des zerrissenen Thieres unter der Umarmung des furchtbaren Feindes. Abermals ging der Sieger um sein Schlachtopfer herum, warf es dann mit einer Tatze herüber und hinüber und setzte sich nun bei ihm nieder. um seine Morgenmahlzeit zu halten

Das Jagdblut schoß in Edward auf, der Gedanke an die große Gefahr, der er sich durch einen Angriff auf dieses furchtbare Thier aussetzte, trat zurück, er sprang in die Höhle, um die Pistolen in seinen Gürtel zu stecken, und schlich sich mit der Büchse in der Hand unter den Felsen hin in das hohe Gras, um unbemerkt so nahe als möglich zu dem Bären zu gelangen. Die Entfernung verringerte sich anfänglich schnell, dann aber gebrauchte Edward mehr Vorsicht, hielt einen scharfen Blick durch das Gras nach dem Bären, der ihm den Rücken zuwandte, und warf sich bei der geringsten Aufmerksamkeit desselben auf den Boden nieder. Jetzt hatte er das ungeheure Thier bis auf vierzig Schritte erreicht; es schien ihm noch viel größer als der Büffel zu sein, und ein Gefühl von eigener Winzigkeit beschlich den Jäger.

Der Bär schien plötzlich etwas gehört zu haben,

was seinen Verdacht erregte; er setzte sich auf sein Hintertheil auf und blickte sich mit erhobenen Vordertatzen um. Edward war tief in das Gras gesunken und hielt den Athem an, um seine Nähe nicht zu verrathen, doch das hörbare Klopfen seines Herzens konnte er nicht unterdrücken. Es war ein Augenblick höchster Spannung, dann aber ließ sich der Bär abermals zu seinem Frühstücke nieder, und Edward hob sich, nach ihm hinspähend, aus dem Grase empor. Er konnte den Kopf des Thieres vor dessen Riesenleib nicht sehen, hielt aber die Büchse schon erhoben, um den ersten Augenblick zu benutzen, wo er seiner ansichtig würde. Da riß der Bär die Leber aus dem Büffel heraus, und sie zwischen seinem Rachen schüttelnd, hob er seinen Kopf in die Höhe. Jetzt galt es — Edward preßte die Büchse fest gegen die Schulter, richtete sie regungslos auf das Ohr des Ungeheuers und gab Feuer. Er sprang auf, um das wüthende Thier mit dem zweiten Schusse zu empfangen, die Dampfwolke des Pulvers aber verhüllte es vor seinem Blicke und eine Todtenstille folgte dem Donner des Gewehrs. Edward stand, gebückt über das Gras schauend, unbeweglich da, und erkannte nun durch den Dampf, der sich verlor, die Riesengestalt des Bären über den Büffel hingestreckt. Derselbe rührte sich nicht, dennoch zögerte Edward, schon zu ihm hinzutreten; er schlich leise etwas seitwärts, um den Kopf des Thieres zu sehen, und erkannte dann, wie das Blut aus demselben hervorquoll. Nun schritt er zu dem Bären hin, fand, daß derselbe im Schusse getödtet und kein Lebenszeichen mehr in ihm war, und blickte staunend auf das ungeheure Thier, dessen Gewicht nahe an zweitausend Pfund betragen mußte. Der Gewinnst, den Edward gemacht hatte, bestand hauptsächlich darin, daß er sich eines so furchtbaren Feindes entledigt, der dieses Thal bewohnte und beherrschte, dann aber war ihm dessen riesige Haut mit ihrem langen, dichten Haar willkommen, um sie als Unterlage für seine Schlafstelle zu verwenden. Er ging schnell dabei, sie noch während der Kühle des Morgens dem Bären abzunehmen, fand aber kein leichtes Stück Arbeit daran, und kehrte erst nach einigen Stunden, das Fell hinter sich herziehend, ermüdet nach seiner Höhle zurück. Dort spannte er es mit Holzpflöcken in der Sonne auf dem Boden zum Trocknen aus und begab sich dann in seine kühle Wohnung, um sich durch Speise und Trank zu stärken.

Der Himmel hatte ihm sichtbar zur Erlegung dieses gefährlichen Thieres beigestanden, sollte er ihn nun wohl auch bei dem begonnenen Biberfange begünstigt haben? Edward bejahte sich diese Frage, seine Zuversicht in das Gelingen seines Unternehmens stand so fest, und sein Wille, es bis zum vorgesteckten Ziele durchzuführen, war so unerschütterlich, daß er mit vollstem Vertrauen nach kurzer Rast wieder aufbrach, um nach den Fallen zu sehen.

Wie groß war seine Freude, als er schon von Weitem bemerkte, daß der Busch, den er an die erste Falle gebunden hatte, von dem Ufer verschwunden war und in einiger Entfernung auf dem See schwamm. Nun fehlte es ihm zwar an einem Schiffe, um zu dem Busche zu gelangen, dieser Mangel aber war kein Hinderniß für ihn; schnell warf er die Kleidung von sich und neben seine Büchse in das Gras, ging dann in den See hinein, der weithin sehr flach war, und brauchte zuletzt nur noch wenige Schritte weit zu schwimmen, um den Busch zu erreichen. Er zog ihn hinter sich her an das Land, und mit ihm die Falle und einen ertränkten Biber, der mit der Pfote in derselben festsaß. Freudig hing Edward seine Kleidung über seine Büchse, legte dieselbe auf die Schulter und wanderte nach der zweiten Falle, mit welcher er eben so viel Glück gehabt hatte, als mit der ersten. Auch dieser Biber wurde an das Ufer geholt, und mit Ausnahme von einer einzigen hatten alle Fallen ihm eine Beute geliefert. Zehn große Biber und eine Otter hatte er gefangen und kehrte im Triumphe nach seiner Wohnung zurück, um sein Maulthier zu holen und auf ihm den Fang dorthin zu bringen. Er mußte sich zwei Mal mit dem Packthiere nach dem See begeben, da dasselbe die Last nicht auf einmal tragen konnte.

Dieser so sehr günstige Erfolg hatte Edward's kühnste Erwartungen überstiegen und seine Hoffnungen für das Erreichen seines Zieles noch mehr gesteigert. Er sah sich schon im Geiste mit seinen erbeuteten kostbaren Fellen nach St. Louis ziehen, um sie dort gegen Gold zu vertauschen und mit diesem zu seiner Agnes zurück zu eilen. Freudig begab er sich nun an die Arbeit, den gefangenen Thieren die werthvollen Häute abzunehmen, sie dann mittelst Stöcken aus einander zu spannen und sie um ein Feuer herum zum Trocknen aufzustellen. Nachdem dies geschehen war, steckte er einen der Biberschwänze an einen Stock und brachte ihn vor die Kohlengluth, damit er ihm als Mittagsmahl diene. An diesem Abende stellte er aber sämmtliche Fallen auf, und schlief dann trotz dem Geheul der Wölfe, die sich um den Bären und den Büffel scharten, ein.

Dreißigstes Kapitel.

Das Paketschiff. Verlangen. Die Ankunft. Der ersehnte Augenblick. Entsetzliche Täuschung. Lange Ohnmacht. Die Freundin. Auflebende Hoffnung. Der alte Bekannte.

Ungewöhnlich heftige Stürme wütheten zu Anfang des Monats März auf dem Ocean, und manches gute Schiff fand um diese Zeit seinen Untergang an der Küste von America. An einem trüben Abende nahte sich derselben ein großer Dreimaster und kämpfte unter wenigen Segeln gegen die Wogen an, die ihm wie Gebirge entgegenrollten und ihn oftmals für Augenblicke unter ihrem Schaume zu begraben schienen. Der Wind blies heftig von Südost nach der Küste von Long Island und trieb einen kalten Regen vor sich her, während die Wolken schwer und niedrig über der tobenden Flut hinzogen.

Hoch oben in dem Hauptmaste des Schiffes saß ein Matrose und hielt seinen Blick landwärts gerichtet, und auf dem hinteren hohen Verdecke über der Kajüte stand der Capitän mit dem Fernrohre vor dem Auge und spähte gleichfalls über die Wogen nach der Küste hin.

Nirgends ein Lootse zu sehen! sagte derselbe zu dem ersten Steuermanne, der nicht weit von ihm sich mit den Armen auf die Brüstung gelegt hatte und so, wie der Capitän, über die See schaute.

Wir bekommen schweres Wetter in dieser Nacht, und es fragt sich sehr, ob wir uns von der Küste von Long Island fern halten können; unsere Anker würden uns bei diesem Winde und bei der hohen See wenig helfen, entgegnete der Steuermann, ohne sich umzusehen.

Daß keiner von diesen Lumpen, diesen Lootsen herauskommt! Bei gutem Wetter schwärmen sie hier zu Dutzenden herum, und wenn sie einem Schiffe nöthig sind, läßt sich keiner sehen. Näher dürfen wir uns nicht nach dem Lande hin wagen; lassen Sie das Schiff umlegen, damit wir wo möglich wieder weiter in See hinauskommen; ohne Lootsen darf ich nicht nach Sandy Hook zusteuern, es ist zu trüb, man kann ja keine tausend Schritte weit sehen, sagte der Capitän zu dem Steuermanne, und dieser erhob sich und rief über das untere Verdeck hinaus:

Das Schiff umlegen, Hände auf Deck!

Die Matrosen kamen aus ihrer Kajüte hervorgesprungen und eilten zu den verschiedenen Tauen hin, mit welchen die Segel in ihrer Stellung gehalten wurden, um dieselben zu lösen und für den Befehl des Capitäns zum Wenden des Schiffes bereit zu sein.

Während dieser Zeit saßen zwei Frauenzimmer, dicht

in Mäntel und Shawls eingehüllt, zusammengekauert auf einer Bank neben den Fenstern der Kajüte, die sich über dem oberen Verdeck befanden, um das Licht in dieselbe hinabzuwerfen.

So nahe meinem Glücke, und mich wieder von ihm entfernen zu müssen! sagte Agnes zu Harriet, denn diese Beiden waren es, die auf der Bank saßen und sich vor dem Regen verhüllten, welchen der heftige Wind über sie hintrieb.

Daß sich auch kein Lootse blicken läßt! entgegnete Harriet in demselben traurigen, ungeduldigen Tone und setzte nach einer Weile bittend hinzu: Wollen Sie aber nicht lieber hinunter in die Cajüte gehen? Sie werden ganz naß, es regnet immer stärker.

Ach, laß mich noch ein wenig hier, gute Harriet, es thut mir so wohl, dort hinüberzuschauen, wo das Land, auf dem ich Edward wiedersehen soll, uns schon nahe ist. O, Harriet, dieses Wiedersehen! Ich glaube, das Glück wird mich tödten! Mein Gott, daß aber auch kein Lootse zu uns kommt; es ist ja unverzeihlich, ein Schiff in solchem Wetter so nahe vor dem Hafen seinem Schicksale zu überlassen!

Wir müssen uns gedulden, Fräulein, der Himmel wird uns auch in dieser Nacht bewahren, wie er es schon in so mancher bösen und gefährlichen gethan hat. Es ist ja auch gut, daß der Capitän vorsichtig ist und nicht auf gut Glück darauf los segelt. Morgen bekommen wir sicher einen schönen Tag, und der wird uns nach New-York geleiten, sagte Harriet tröstend.

Wohl wird es dann ein schöner Tag sein — der schönste, der seligste meines Lebens! O, gutes Mädchen, könnten meine Augen nur erst in blauer Ferne die Stadt erspähen, ich glaube, dann werde ich ruhiger, die Sicherheit, mein Glück bald zu erreichen, wird die Sehnsucht in ein beseligendes Gefühl verwandeln, die jetzt, mit dieser Ungewißheit gepaart, mir das Herz zersprengen will, sagte Agnes und schmiegte sich fester an Harriet.

Kommen Sie, Fräulein, lassen Sie uns in die Kajüte gehen, das Schiff segelt nun ja doch wieder von dem Lande ab und es wird dunkel, bat jetzt die treue Dienerin und erhob sich von der Bank. Agnes warf noch einen sehnsüchtigen Blick in der Richtung zurück, wo das Land liegen sollte, und ließ sich dann durch Harriet von dem Verdeck hinab in die Kajüte geleiten. Dort nahm ihr das Mädchen Shawl und Mantel ab, strich ihr das Haar glatt und legte einige Polster für sie auf den breiten Divan, der sich am Ende der Kajüte im Halbkreis um den Tisch zog. Das Schiff arbeitete jetzt gewaltig gegen den Wind an, so daß die kleine Ampel, die an Metallketten unter der Decke hing, sich hin und her schwang.

Einige Zeit darauf deckte der Kajüten-Diener den Tisch und brachte das Abendessen herein. Der Capitän warf seinen Regenmantel und lackirten Hut vor der Thür ab, bat um Entschuldigung, wenn er sich nicht lange bei Tische aufhalten und die Damen bedienen könne, das böse Wetter aber fordere seine Anwesenheit auf dem Verdecke. In aller Eile nahm er sein Abendbrod ein, wünschte dann den Damen eine angenehme Ruhe (als Americaner kannte er keinen Ranguntersch ied zwischen der Herrin und der weißen Dienerin) und eilte wieder hinaus auf das Schiff. Der Tisch wurde abgetragen und Agnes war wieder mit Harriet allein. Die Masten ächzten und stöhnten, die Fugen knarrten und die Wogen schlugen donnernd gegen die Wände des Schiffes, während wiederholt der monotone Gesang, womit die Matrosen ihre Arbeit begleiteten, ertönte und mit dem Heulen und Pfeifen des Windes und dem Rasseln des Tauwerkes in schauerlichen Melodieen zu den Ohren der beiden Frauenzimmer drang. Harriet bat ihre Herrin, sich in ihr Zimmer und zur Ruhe zu begeben, aber erst spät in der Nacht folgte diese ihren Bitten.

Der frühe Morgen brachte Agnes schon wieder auf das Verdeck, gerade zu der Zeit, als das Schiff in seinen

Cours zurückgelenkt wurde. Der Wind blies weniger heftig, die Luft war aber um so undurchsichtiger, so daß der Gesichtskreis um das Schiff, obgleich es nicht mehr regnete, als ein sehr kleiner erschien. Während beinahe des ganzen Vormittags steuerte das Fahrzeug mit unveränderten Segeln, doch gegen eilf Uhr zeigte das Senkblei nur noch so wenig Tiefe und brachte in dem an seinem Ende befindlichen Talg so reinen Küstensand von dem Grunde herauf, daß der Capitän abermals das Schiff umlegen ließ, denn immer noch zeigte sich kein Lootse. Kaum aber waren die Segel wieder fest gemacht, als der Matrose aus dem Maste einen Kutter in Sicht ververkündete und der Capitän dann auch bald darauf durch das Fernrohr das Lootsenboot erkannte.

Gott Lob und Dank! sagte Agnes halblaut und preßte ihre gefalteten Hände auf ihr Herz, während sie mit Harriet an die Brüstung trat und über das Meer spähte, um selbst den Kutter aufzusuchen. Bald erschien nun auch das ungeheure Segel desselben vor dem bloßen Auge, wie es pfeilschnell hin und her gegen den Wind dem Dreimaster entgegen eilte. Als der Kutter in die Nähe desselben kam, schoß er in kurzer Entfernung an ihm vorüber, ließ aber während dieser Zeit einen kleinen Nachen, mit vier Leuten bemannt, auf die See hinab, welche jetzt trotz den hochschäumenden Wogen dem großen Schiffe zuruderten.

Wie eine Nußschale hoben die Wellen den in Schaum gehüllten Kahn auf ihre höchsten Spitzen hinauf und ließen ihn dann wieder in den jähen Abgrund zwischen sich versinken, dennoch kam derselbe dem Schiffe, welches sich in den Wind gedreht hatte, rasch näher, und als die letzte Woge ihn demselben zutrug, warf ein Matrose von dessen Verdeck ein langes Tau über den Nachen hin. Es wurde von der Mannschaft ergriffen, und im nächsten Augenblicke wurde der Lootse an einem anderen Tau auf das Verdeck des Schiffes gehoben, der Nachen schoß wieder in die See hinaus dem hin und her kreuzenden Kutter zu, und der Dreimaster lenkte abermals in seinen Cours ein.

Der Capitän bewillkommte den Lootsen und übergab ihm den Befehl über sein Fahrzeug, worauf dieser dem Manne am Ruder die Richtung genau bezeichnete, in der er zu steuern hatte, dann noch mehr Segel aufziehen ließ und die Ankerketten zum raschen Gebrauche bereit zu halten befahl.

Das Gewölk hatte sich gehoben, und hier und dort wurde das Blau des Himmels sichtbar, während Agnes neben ihrer Vertrauten auf der Bank des oberen Verdeckes saß und bald nach den Wolken, bald nach dem sich erweiternden Gesichtskreise über die Wogen schaute.

Dort ist das Land, Fräulein Walcott, können Sie es erkennen? sagte der Capitän im Vorüberschreiten zu ihr und zeigte mit der Hand nach Westen hin, wobei Agnes freudig zusammenfuhr und aufspringend ihren glückstrahlenden Blick dorthin richtete.

Dort, dort, Harriet, siehst du es? rief sie mit halblauter, zitternder Stimme, und erfaßte mit ihrer Rechten den Arm ihrer Begleiterin, während sie ihre Linke nach dem Lande hin ausstreckte. Sieh nur, Harriet, der erste Sonnenblick fällt auf die Küste, um sie mich sehen zu lassen, um meiner Sehnsucht den Weg zu zeigen.

Das ist so weit nicht mehr, Fräulein, noch ein paar Stunden — und dann? entgegnete Harriet frohlockend.

Und dann — und dann — o Harriet! sagte Agnes mit tiefem Athemzuge und schlang ihren Arm um das treue Mädchen — und dann beginnt mein Glück und meine Dankbarkeit gegen dich, du treue Seele!

Das Land war aber doch entfernter, als Agnes es geglaubt hatte, und erst nach Verlauf einiger Stunden segelte das Schiff bei Sandy Hook in die Bucht, welche nach den Narrows, dem Eingange in die Bai von New-York, führt. Die Sonne stand schon niedrig, als der Lootse im Angesichte der Narrows den Befehl gab, den Anker fallen zu lassen, weil die Ebbe eingetreten war und die Strömung sich so heftig nach dem Ocean hinausdrängte, daß das Schiff trotz aller Segel mehr rückwärts als vorwärts kam.

Mein Gott, sie lassen ja den Anker sinken, sollen wir denn nochmals aufgehalten werden? sagte Agnes mit trostloser Stimme zu ihrer Gefährtin, als die schwere Kette rasselnd in die See hinabschoß.

Warum halten wir denn nochmals an, Herr Capitän — kommen wir denn heute nicht mehr nach New-York? fragte Harriet denselben, der nahebei an der Brüstung stand.

Doch, doch, gedulden Sie Sich nur noch ein wenig, wir lassen nur den Anker gehen, weil die Strömung uns wieder nach dem Ocean hinaustreiben würde. Sobald die Flut eintritt, gehen wir wieder unter Segel, und ich werde Sie noch an diesem Abende in New-York an das Land setzen, entgegnete der Capitän, lächelnd nach Agnes hinsehend, deren Ungeduld ihm nicht entgangen war.

Heute Abend also doch noch, Harriet! Ich muß gleich zu ihm eilen, und wenn es Mitternacht werden sollte, bis wir die Stadt erreichen! sagte Agnes leise zu der Dienerin und drückte deren Hand ungeduldig zwischen den ihrigen.

Die Dämmerung war schon erschienen, als das Schiff wieder unter Segel ging und durch die Narrows in die Bai von New-York einfuhr. Harriet hatte den

Koffer und die Reisetasche gepackt, so wie Alles zum augenblicklichen Verlassen des Schiffes bereit gemacht, und kehrte dann zu ihrer Herrin auf das Verdeck zurück, die auf demselben auf- und niederging und nach dem Lichtstreifen blickte, der über der dunkeln Flut die Stadt New-York bezeichnete, denn die Nacht war schon eingebrochen und die Sterne glänzten und blitzten freundlich am Himmel.

Gottlob, Harriet, da liegt die Stadt, da liegt mein Glück vor mir! sagte Agnes und legte den Arm um die Vertraute. Vergessen sind nun alle Leiden, alle Sorgen, alle schweren Tage der Vergangenheit, Friede und Seligkeit thun sich vor mir auf, und auch vor dir, treues Mädchen, denn du sollst Theil nehmen an unserem Glücke. Wie das Schiff langsam segelt, hätten wir doch den Wind von gestern — wehte doch ein Sturm und ließe das Schiff fliegen!

Wir kommen rasch näher, man kann ja schon einzelne Lichter erkennen, entgegnete Harriet — sollen wir denn nach dem Astor House fahren?

Das ist der beste Gasthof, so sagt der Capitän. Wir fahren gleich dorthin, bestellen uns ein Zimmer und dann fort nach dem Boardinghouse, wo Edward wohnt, erwiederte Agnes bewegt.

Würde es nicht besser sein, wenn Sie im Gasthofe

blieben und ich allein zu Herrn Corblair führe, um ihn zu Ihnen zu holen? fragte Harriet.

Nein, nein, — ich im Gasthause bleiben und warten, bis Edward zu mir käme? Unmöglich — bin ich nicht schon durch den Ocean zu ihm gekommen und sollte nun ihn zu mir kommen lassen? entgegnete Agnes leidenschaftlich und setzte nach einer kurzen Pause noch lächelnd hinzu: Glaubst du denn, daß ich es dir gönnte, ihn früher zu sehen, zu begrüßen, als ich?

Das wird aber ein Aufsehen in seinem Hause geben!

Gottlob, daß unsere Liebe sich nicht mehr vor den Augen der Welt zu verstecken braucht — kann ich nicht stolz darauf sein, Edward anzugehören? Ja, Jedermann mag es wissen, mag es sehen, wie unsäglich lieb ich ihn habe!

Und wie wird er glücklich sein!

Wie werden wir alle Dreie glücklich sein, Harriet! fiel Agnes ihr in das Wort. O, wie ist es doch viel schwerer, Glück zu erwarten, als Unglück zu ertragen!

Bald, bald, Fräulein haben Sie es erreicht. Wie die Lichter glänzen! sagte Harriet beschwichtigend.

Während Agnes sich nun ganz ihrer Sehnsucht, ihrer Ungeduld hingab, ließ der Capitän alle Vorbereitungen treffen, um sein Schiff an dem Werfte anzulegen, denn schon schallten die Stimmen des geschäftlichen

Treibens von der Stadt herüber und man konnte die Menschen auf dem Werfte bereits im Lichtschein erkennen.

Harriet hatte durch den Kajütenwärter das Gepäck auf das Verdeck bringen lassen und stand mit Agnes dabei an der Brüstung des Schiffes, als dasselbe seiner Segel beraubt wurde, langsam zwischen die unabsehbare Reihe der Fahrzeuge einfuhr und das Werft erreichte. Es standen nur einige wenige Neger auf demselben, die ohne alles Interesse zusahen, wie der Dreimaster befestigt wurde, denn das Kommen und Gehen von Schiffen ist etwas so Gewöhnliches in einer solchen Hafenstadt, daß Niemand ihm Aufmerksamkeit schenkt.

Wie kommen wir aber in die Stadt, Herr Capitän? fragte Harriet diesen.

Ich werde Ihnen einen Wagen holen lassen; Sie müssen Sich ohnedies noch kurze Zeit gedulden, denn der Mauthbeamte muß erst an Bord sein, ehe ich erlauben darf, daß Gepäck gelandet wird. Er wird aber sicher gleich kommen, antwortete der Capitän, rief dann einen der Neger vom Werfte herbei und gab ihm den Auftrag, einen Wagen herzuschaffen.

Agnes war verstummt, sie hörte nicht, sie sah nicht, was um sie vorging, vor ihrer Seele stand nur der nahe Augenblick des Wiedersehens und im Geiste fühlte sie sich von Edwards Armen umfangen. Sie hatte auch nicht bemerkt, daß ein Mauthbeamter auf das Verdeck gekommen war und unweit von ihr dem Capitän auf dessen Bitte um Untersuchen des Koffers antwortete, daß er so spät Abends Nichts von dem Schiffe abgehen lassen könne, und erst, als Harriet ihr zuflüsterte: Der Mauthbeamte will unsern Koffer heute nicht mehr frei geben, wandte sie sich rasch nach demselben um, und trat in dem hellen Schein der Laterne zu ihm hin.

Sie würden mich so sehr verpflichten, mein Herr, sagte sie zu ihm mit allem Zauber ihrer süßen Stimme, wollten Sie so gütig sein, und meine Sachen gleich untersuchen, denn es würde mich sehr geniren, wenn ich ohne dieselben diese Nacht im Gasthaus zubringen müßte. Ich warte nur auf den Wagen und werde dann ohne Aufenthalt in die Stadt fahren; darf ich Sie nochmals darum bitten?

Der Mauthbeamte sah sie überrascht und erstaunt an, verneigte sich dann ehrerbietig und sagte, indem er den Hut abnahm:

Gern, sehr gern, Fräulein, es wird ja gar nicht nöthig sein, den Koffer nachzusehen, nur mein Dienst legt mir die Pflicht auf, die Form wenigstens zu wahren. Wollen Sie die Gewogenheit haben, den Koffer zu öffnen.

Harriet hatte dies bereits vollbracht, der Beamte

hob den Deckel auf, ließ ihn wieder niedersinken, und sagte dann, indem er sich nochmals höflich verneigte:

Es ist alles in Ordnung, Fräulein. Dort kommt auch schon der Wagen für Sie; ich werde Ihre Sachen nach ihm hinschaffen lassen.

Das Wort „Wagen“ lenkte Agnesens Gedanken wieder von ihrer Umgebung hinweg; sie warf einen strahlenden Blick nach der Kutsche, die jetzt vor dem Schiffe anhielt, und wollte schon nach der Treppe eilen, die von dem Verdecke auf das Werft hinabführte, als Harriet ihren Arm um sie schlang und ihr zuflüsterte:

Wollen Sie Sich nicht dem Capitän und dem Beamten empfehlen?

Schnell ging Agnes nun auf Beide zu, reichte dem Capitän ihre Hand, dankte ihm mit herzlichen Worten für seine Aufmerksamkeit und Freundlichkeit während der Reise, empfahl sich und versprach ihm, nochmals ihn auf seinem Schiffe zu besuchen, ehe er die Stadt wieder verlasse. Dann wandte sie sich zu dem Mauthbeamten, dankte ihm auf das freundlichste für seine Gefälligkeit und verließ Beide nun so plötzlich, daß sie ihr verwundert nachsahen, wie sie, von Harriet gefolgt, über die Brüstung und die Treppe hinab nach dem Werfte sprang. Das Gepäck war bereits auf den Wagen gebracht, der schwarze Kutscher hatte den Schlag geöffnet, und Agnes war in dem Wagen, ehe er nur daran dachte, ihr behülflich zu sein.

Nach dem Astor House; fahren Sie aber schnell, wenn Sie doppelten Fuhrlohn verdienen wollen! rief sie dem Neger zu, als Harriet neben sie in den Sitz schlüpfte und den Schlag schloß, worauf der Kutscher auf den Bock sprang und die Pferde vom Platze aus in Galopp setzte.

Gott sei gelobt! sagte Agnes, als der Wagen davon rollte, es ist noch nicht spät, kaum neun Uhr. Wenn wir nur im Astor House nicht aufgehalten werden!

Wir lassen uns nicht aufhalten, Fräulein, wir fahren gleich wieder fort, entgegnete Harriet beruhigend und sah aus dem Wagen, als derselbe in Broadway einbog.

Sehen Sie einmal hinaus, Fräulein, welch eine prächtige Straße, und die Menschenmenge, gerade so wie in London, sagte das Mädchen, um den Gedanken ihrer Herrin für einen Augenblick eine andere Richtung zu geben; diese aber saß stumm in sich versunken in die Ecke des Wagens gelehnt und hielt ihre Hände gefaltet vor ihre Brust.

Im Galopp, bald links, bald rechts den vielen Fuhrwerken ausweichend, ging es Broadway hinauf, und nach zehn Minuten hielt der Kutscher seine Pferde vor dem hell erleuchteten Astor House an. Mehrere schwarze

Diener traten an den Wagen, öffneten den Schlag und trugen das Gepäck in das Haus, während Harriet aus der Kutsche hervorsprang und ihrer Herrin beim Aussteigen behülflich war.

Es gehört zu den Eigenthümlichkeiten des americanischen Lebens, daß vor den Gasthäusern während des ganzen Tages, namentlich aber während der Abende, eine große Zahl von Männern versammelt ist, die dort sich auf Stühlen und Bänken niederlassen, um sich gegenseitig zu unterhalten oder ihren eigenen Gedanken nachzuhangen, Tabak zu kauen, Cigarren zu rauchen und mit Taschenmessern zu spielen oder Stücke Holz damit zu zerschneiden. Auch als Agnes mit ihrer Begleiterin in das Astor House eintreten wollte, war der Eingang dicht von jungen Männern besetzt, die sich aber schnell von ihren Sitzen erhoben und den Damen Platz machten. Aller Blicke waren auf Agnes gerichtet, der dichte Schleier aber, der ihr Gesicht verhüllte, wies die Neugierde zurück. Sie trat in die große, durch Kronleuchter beleuchtete Halle ein und schritt, indem sie den Schleier zur Seite schob, an das durch ein Eisengitter abgeschiedene Comptoir des Hauses, wo der Geschäftsführer ihr höflich entgegen kam.

Ich bitte Sie, ein gutes Zimmer für mich und meine Begleiterin bereit machen und mein Gepäck in dasselbe befördern zu lassen. Ich habe noch einen Besuch abzustatten und wünsche bei meiner Rückkehr das Zimmer in Ordnung zu finden, sagte Agnes schnell und mit bewegter Stimme zu dem Herrn, der sich verneigte und ihr versicherte, ihrem Wunsche sogleich bestens nachkommen zu wollen, während von allen Seiten der Halle sich die Blicke der anwesenden Männer auf das schöne Mädchen richteten und mehrere der jungen Leute, die vor der Thür gesessen hatten, eintraten, um die Fremde zu betrachten.

Agnes gab ihnen aber nicht viel Zeit dazu, sie empfahl sich dem Geschäftsführer mit einer Verneigung, hüllte sich wieder in ihren Schleier und glitt eilenden Fußes zurück in die Straße zu dem harrenden Wagen. Mit Einem Sprunge flog sie in denselben hinein, nannte dem Kutscher das Boardinghaus des Herrn Springfield, von wo aus Edward ihr zuletzt geschrieben hatte, Harriet ließ sich neben ihr nieder, und abermals sprengten die Pferde mit dem Fuhrwerke davon.

O, Harriet, das Herz will mir aus der Brust springen — Gott, hilf mir mein Glück tragen! sagte Agnes in fiebrischer Bewegung und legte ihre zitternde Hand auf den Arm des Mädchens.

Nur ruhig, Herrin, so große Aufregung kann nachtheilig werden; vielleicht ist Herr Corblair gar noch nicht nach Hause gekommen, entgegnete Harriet beschwichtigend und drückte die Hand ihrer Herrin.

Ach, das wäre nicht gut — ich glaube, ich ertrüge es nicht, mich länger zu gedulden! sagte Agnes mit einem tiefen Athemzuge, als wäre ihr der Raum in dem Wagen zu enge.

Und doch müßten Sie Sich fügen, Fräulein. Es ist ja besser, wenn man das weniger Angenehme erwartet, dann ist die Freude um so größer, versetzte Harriet liebevoll.

Da schlägt es zehn Uhr — jetzt ist er gewiß zu Hause, sagte Agnes nach einer Weile mit gesteigerter Ungeduld. Da fuhr die Kutsche nahe an das Trottoir vor einem Hause und hielt still.

Großer Gott, wie ich bebe — o, wüßte Edward, daß seine Agnes ihm so nahe! Hilf mir, schnell, schnell hinaus, sagte Agnes und ließ sich von der Dienerin aus dem Wagen helfen.

Harriet zog nun schnell die Schelle, während ihre Herrin sich auf ihre Schulter lehnte. Die Thür öffnete sich und die Wirthin empfing mit einem verwunderten Blicke die beiden Eintretenden in dem hellerleuchteten Corridor.

Ist Herr Sam Patch zu Hause? stammelte Agnes, indem sie mit zitternder Hand den Schleier zurückzog.

Herr Patch? antwortete die alte Dame freundlich; ach nein, der ist schon seit einigen Monaten nicht mehr hier. Wer weiß, ob er überhaupt noch lebt — er ist ja unter die Indianer gegangen.

O Gott! stöhnte Agnes, wankte zurück und sank regungslos in Harriet's Arme.

Allmächtiger, hilf — es wird sie tödten — sie stirbt! schrie Harriet in Verzweiflung und hielt mit aller Kraft ihre leblose Herrin umfangen. Helfen Sie mir, helfen Sie meiner Herrin!

Der Angstruf des Mädchens hatte die Boarders aus dem Parlour in den Corridor gebracht; Herren und Damen drängten sich um die Ohnmächtige und standen Harriet bei, dieselbe in das Gesellschaftszimmer zu bringen, wo sie auf das Sopha niedergelegt wurde. Der Hut ward ihr abgenommen, und ihr Haupt sank auf das Polster zurück. Bleich wie Marmor ruhte ihr Antlitz, von dem Golde ihrer Locken halb verhüllt, auf dem schwarzen Damast, und mit Staunen und tiefster Theilnahme standen die Boarders um sie her, während Harriet und Mary Burton Alles aufboten, um sie in das Leben zurückzurufen. Allen Umstehenden war der Vorfall ein Geheimniß, ein Räthsel; Mary Burton allein ahnte den Zusammenhang, denn die Wirthin sagte, daß das fremde Fräulein nach Herrn Patch gefragt und daß die Nachricht von dessen Auswanderung unter die Indianer sie so sehr ergriffen habe. Mary hatte aber von Edward selbst gehört, daß er eine liebe Braut besitze und daß er in dieses Land gekommen sei, um eine Existenz für sie und sich selbst zu gründen. Sie brachte dies in Zusammenhang und muthmaßte, daß die Ohnmächtige Edward's Braut wäre, die ihm von Europa nachgefolgt. Mit inniger Theilnahme war sie Harriet behülflich, wusch Agnes die Schläfe und den Nacken mit kaltem Wasser, rieb ihr die Hände und hielt ihr belebende Essenzen über die Lippen — umsonst, es schien, als wolle der Tod das schöne Opfer nicht wieder aus seiner Umarmung frei geben. Harriet rieb und rieb, benetzte mit ihren Thränen die Arme der geliebten Gebieterin und suchte ihr Schluchzen und Jammern zu unterdrücken. Plötzlich aber warf sie sich wie von ihrem Schmerze, ihrer Verzweiflung fortgerissen über die Leblose hin, ließ ihre bebenden Lippen auf deren bleichen Mund sinken und weinte und wehklagte laut. Da entstieg Agnesens Brust ein tiefer Seufzer, sie holte schwer Athem und eine leichte Bewegung zeigte sich in ihren Händen.

Fräulein, erwachen Sie, ich bin ja bei Ihnen, Ihre Harriet! rief das Mädchen jetzt halb weinend, halb jauchzend und schob ihren Arm unter den Nacken der Wiederauflebenden, um sie etwas emporzurichten. Sie ließ sich ein Glas mit Wasser reichen und führte es an die Lippen ihrer Herrin; da hob Agnes ihre müden

Augenlider auf und blickte, wie aus einem Traume erwachend, verstört zu Harriet empor. Sie sah einen Augenblick um sich, und die Erinnerung an das Trostlose, das Entsetzliche ihres Schicksals kehrte in sie zurück, wie es die Thränen bezeugten, die jetzt ihren Augen entquollen. Sie verbarg ihr Gesicht in ihren Händen und schluchzte krampfhaft, als wenn sie den Ausbruch ihres Schmerzes mit allen ihr zu Gebote stehenden Kräften unterdrückte. Sie sah sich wieder um, strich ihre Locken zurück und machte einen Versuch, um sich aufzurichten, fiel aber machtlos wieder auf das Polster des Sopha's nieder.

Beruhigen Sie Sich, Fräulein, Sie sind hier bei Freunden, sagte Mary Burton mit liebevoller Herzlichkeit und nahm Agnesens Hand schmeichelnd zwischen die ihrigen.

Der Ton des Mädchens drang so zutraulich und wohlthuend in Agnesens Ohr, daß sie ihre Augen mit einem dankbar fragenden Blicke auf sie richtete und den Druck ihrer Hände leise erwiederte.

Ermannen Sie Sich, Fräulein, es ist ja noch kein Unglück geschehen, es ist ja nur ein schmerzender Aufschub, wird ja aber Alles ganz gut werden! — Warum denn gleich verzweifeln? Er kommt ja fliegend zurück, sobald wir ihm Nachricht senden, daß Sie hier sind, flüsterte Harriet ihrer Herrin leise zu, und wie ein Sonnenblick in finsterer Nacht drangen die Worte in Agnesens Herz hinein. Ihr Auge lebte wieder, ein Hauch von Carmin flog über ihre Wangen, und wie wenn Jemand einen wichtigen Augenblick verschlafen hat, richtete sie sich rasch in dem Sopha auf. Die Thränen waren versiegt, sie strich flüchtig mit dem Batisttuche deren Spuren von ihren Wangen und glättete mit den Händen ihr Gewand.

Wir müssen gehen, Harriet, sagte sie dann zu dieser und wollte sich erheben; ihre Kräfte aber reichten nicht dazu hin.

Ich muß sehr um Entschuldigung bitten, sagte sie zu den Damen, die sich um sie gereiht hatten, ich habe Sie noch so spät und so belästigend in Ihrer Ruhe gestört; die Nachricht über das Schicksal meines nahen Verwandten traf mich aber so unerwartet.

Von allen Anwesenden wurden ihr nun freundliche, liebevolle Worte gesagt, und die Wirthin trat zu ihr hin und theilte ihr mit, sie habe ein Zimmer für sie zurecht machen lassen, und fügte die Bitte hinzu, diese Nacht dasselbe benutzen zu wollen. Agnes aber dankte mit Innigkeit für die Güte mit dem Bemerken, daß sie nothwendig in das Gasthaus zurückkehren müsse.

So erholen Sie Sich erst vollständig, Fräulein, bat Mary Burton und drückte sie wieder auf das Sopha nieder. Dann sprang sie fort und kehrte nach einigen Augenblicken mit einem Glase Wein zurück, welches sie Agnes hinreichte und sie bat, sich damit zu stärken. Es wurde ihr mit so viel Herzlichkeit geboten, daß es gegen ihr Gefühl war, die Freundlichkeit unbenutzt von sich zu weisen. Sie trank von dem Weine und reichte denselben dann mit den Worten zurück:

Womit habe ich denn Ihre Theilnahme, Ihre Herzlichkeit verdient?

Mit der Theilnahme, mit der tiefen Herzlichkeit, die Sie für Andere bekundet haben, Fräulein, antwortete Mary Burton leicht erröthend, indem sie Agnes das Glas abnahm. Sie müssen mir nun aber auch eine Bitte nicht abschlagen, deren Nichtgewährung mich beunruhigen würde. Erlauben Sie mir, daß ich Sie in Ihr Gasthaus zurückbegleite.

Aber so spät, Fräulein, es wäre ja Unrecht von mir, entgegnete Agnes, indem sie Mary's Hand ergriff.

Das ist ja ganz einerlei, ich fahre in dem Wagen wieder zurück hieher; schlagen Sie mir es nicht ab, Fräulein.

Hiermit eilte Mary aus dem Zimmer und kehrte in ihren Shawl gehüllt nach einigen Minuten in den Parlour zurück, wo sie Agnes auch schon bereit fand, den Heimweg anzutreten.

Mit unbefangener Innigkeit dankte Agnes der Wirthin für ihre Theilnahme und Hülfe, entschuldigte sich nochmals wegen der verursachten Störung bei den

Boarders und ließ sich dann von Harriet und Mary Burton nach dem Wagen geleiten.

Sie erreichten das Zimmer, welches in dem Astor House für Agnes in Bereitschaft stand: Harriet und Mary nahmen ihr Mantel, Shawl und Hut ab und führten sie in das Sopha. Dann sagte Mary, indem sie ihre Hand ergriff:

Gehen Sie gleich zur Ruhe, Fräulein, und denken Sie Sich die Gefahr, unter die Indianer zu gehen, nicht größer, als sie ist. Wie viele Tausende ziehen an die Gränze hinaus und wie viele Biberjäger leben Jahre lang in der Wildniß selbst und kommen gesund, stark und reich zurück! Darf ich mich denn morgen früh nach Ihrem Befinden erkundigen?

Gern werde ich Sie sehen, Fräulein, um Ihnen nochmals für Ihre liebevolle Theilnahme zu danken, erwiederte Agnes mit einem herzlichen Blicke und drückte die Hand des freundlichen Mädchens.

Als Mary das Zimmer verlassen hatte, senkte Agnes ihr Gesicht in ihre Hände und ein heftiger Thränenstrom netzte ihre Wangen.

Beruhigen Sie Sich doch, Fräulein, flehte Harriet und schlang ihre Arme um ihre Herrin, indem sie neben ihr im Sopha niedersank. Es ist ja wahrlich nicht so schlimm, wie es im ersten Augenblicke erschien, und es wird bald gut werden. Wir schicken Herrn Corblair sogleich die Nachricht zu, daß Sie hier sind, und was in der Welt würde ihn dann wohl zurückhalten können, zu Ihnen zu eilen?

Agnes aber ließ ihre Thränen fließen, sie thaten ihr wohl, sie gaben ihrem schwer kranken Herzen Linderung: ihr lautes Schluchzen war die einzige Antwort, die sie dem treuen Mädchen gab. Harriet fühlte selbst, wie augenblicklich Thränen allein ihrer Herrin Erleichterung verschaffen konnten; sie schwieg und machte geräuschlos alle Vorbereitungen, um sie zur Ruhe zu bringen. Sie öffnete den Koffer und den Reisesack, nahm die Nachttoilette hervor, legte Alles zurecht und trat dann schweigend zu Agnes hin und lös'te ihr das Haar. Agnes ließ es sich ohne Widerrede gefallen, sie ließ sich geduldig von dem Mädchen bedienen und folgte ihr ohne Widerstand, als Harriet sie nach ihrem Ruhelager führte.

Die Lichter waren bald erloschen, Ruhe aber kehrte die ganze Nacht nicht in dieses Zimmer ein, denn das Schluchzen der weinenden Agnes unterbrach immer wieder die Stille, und Harriet lauschte jedem schweren Athemzuge ihrer Herrin, bis endlich beim Grauen des Morgens Beide der Müdigkeit des Körpers erlagen und der mitleidige Schlaf sie Schmerz und Leid vergessen ließ.

Harriet erwachte zuerst, und zwar durch den Schall

des Tam Tam, der durch das Haus dröhnte, um die Gäste zum Frühstücke zu rufen. Mit Schrecken über das Getöse, welches das Instrument verursachte, warf sie ihren ersten Blick nach Agnes hinüber, doch diese lag ruhig und sanft vom Schlafe umfangen und rührte sich nicht. Mit einem nicht ausgesprochenen: Gottlob! sprang Harriet von ihrem Lager auf, trat aber nicht in ihre Schuhe, um selbst das leiseste Geräusch zu vermeiden. Rasch hatte sie ihre Toilette beendet, öffnete leise die Thür, zog vor derselben ihre Schuhe an und eilte nun die Treppe hinunter nach dem Bureau, um dort zu bestellen, daß kein Diener an das Zimmer ihrer Herrin kommen solle und daß man das Frühstück für dieselbe aufbewahre, um es auf ihre Stube zu senden, wenn sie es verlange. Dann glitt sie leise zu Agnes zurück und fand dieselbe noch in ruhigem Schlafe. Sie setzte sich nun mit einer Näharbeit an das Fenster, um von da aus zu gleicher Zeit ihre Herrin zu beobachten, bis dieselbe von selbst erwachen würde. Erst gegen zwölf Uhr geschah dies, und bei ihrer ersten Bewegung stand Harriet schon neben ihr. Der Schlaf hatte sie gestärkt, und wenn auch das Leid, der Schmerz noch in ihrem Blicke lag, so waren doch die Thränen versiegt und an die Stelle willenloser Trostlosigkeit war Fassung und Nachdenken getreten.

Wir bedürfen jetzt männlicher Hülfe, Harriet, sagte Agnes, als jene sie bei der Toilette bedieute — ich muß mich an die Regierung nach Washington wenden; sie steht mit den meisten Indianerstämmen in Friedensverträgen und wird Mittel und Wege kennen, um Kundschaft über Edward's Aufenthalt zu erhalten und ihm Nachricht von mir zuzusenden. Wenn ich nur im Stande wäre, die Richtung anzugeben, wohin er sich gewandt hat.

In diesem Augenblicke klopfte es an die Thür und Mary Burton trat herein. Sie eilte auf Agnes zu und fragte mit einem innigen Blicke und warmem Händedrucke, wie es ihr gehe, während Agnes sie in gleicher Weise liebevoll begrüßte und dann, sie nach dem Sopha führend, sagte:

Setzen Sie Sich, Fräulein, und sagen Sie mir, wie ich Sie nennen darf; ich habe mir gestern Abend nicht einmal Ihren Namen ausgebeten.

Mary Burton ist mein Name; nennen Sie mich Mary, wenn Sie mir eine Freude machen wollen. Ich würde schon früher gekommen sein, hätte ich nicht gehofft, daß Sie Sich recht lange der Ruhe hingeben möchten, deren Sie so sehr bedurften; aber kommen mußte ich, um mich zu überzeugen, wie es Ihnen ginge, und Ihnen mitzutheilen, was mir über unseren gemeinschaftlichen Freund, Herrn Patch, bekannt ist. Ich habe ja von

Anfang seines Hierseins mit ihm in demselben Boardinghause gewohnt.

Sie Gute, wie danke ich Ihnen für Ihre Theilnahme! entgegnete Agnes, indem sie Mary die Hand reichte. Wissen Sie denn nichts über den Weg, den Herr Patch nach der Wildniß eingeschlagen hat?

Wenn ich auch den Weg nicht kenne, so weiß ich doch, daß er mit den Sioux-Indianern, die hier eine unglückliche Büffeljagd hielten, bei der viele Menschen umkamen, von Washington aus in die Wildniß gezogen ist, um dort Biber zu fangen und sich damit ein Vermögen zu verdienen. Ein Herr Armand, ein Freund des Herrn Patch, ist auch mitgereis't, doch nur zum Vergnügen, um die Länder dort zu sehen und um Jagden zu machen. Derselbe wollte nur einige Monate dort verweilen und dann wieder hieher zurückkehren. Wenn dies geschieht, so sucht er mich sicher auf und bringt mir und den anderen Freunden des Herrn Patch Nachricht von ihm.

Mary erzählte nun den Hergang der Büffeljagd, wie Edward und Armand mit den Indianern und einem weißen Biberjäger, der dieselben hergeführt, bekannt geworden waren, und wie die beiden Freunde den Wilden nach Washington gefolgt seien, um von dort aus mit ihnen die Reise nach dem Westen anzutreten. Sie bemerkte auch, daß die Indianer von dem Präsidenten eingeladen worden waren, ihn zu besuchen und Geschenke von ihm zu empfangen. Agnes hörte mit gespannter Aufmerksamkeit dem Mädchen zu, und der Ausdruck der tiefen Niedergeschlagenheit, des nagenden Schmerzes, der auf ihren Zügen lag, schien sich während der Erzählung zu mildern. Ihre Fragen über Edward's Leben hier hörten nicht auf, und nach und nach berichtete Mary alles, was ihr von den Schicksalen und Erlebnissen Edward's bekannt geworden war. Das Unglück, welches ihn so hartnäckig verfolgt hatte, traf Agnes schwer, und verstohlen wischte sie die Thränen von ihren Wimpern, damit dieselben das junge Mädchen nicht zum Schweigen veranlassen möchten. Endlich wußte Mary ihr nichts mehr mitzutheilen, und es trat eine Pause ein, da Agnes, vor sich niederblickend, sich ihren Gedanken hingab und Mary sie nicht darin stören wollte. Diese brach jedoch das Schweigen zuerst, indem sie Agnes fragte, ob sie über ihren Aufenthalt hier in New-York schon etwas bestimmt und ob sie bereits ein Boardinghaus zu ihrer Wohnung gewählt habe, da sie nicht allein mit ihrer Begleiterin in einem Gasthause für längere Zeit verweilen könne. Als Agnes ihr nun erklärte, daß sie in New-York bleiben werde, doch über die Art ihrer Lebensweise noch nicht nachgedacht habe, sagte Mary freudig:

O, so sollten Sie zu uns ziehen, Fräulein, unsere

Wirthin, so wie ihr Mann, sind liebe, biedere Leute, sie halten ihr Haus durchaus anständig und gut, und man wohnt billig bei ihnen; Beide würden sich gewiß recht freuen, Sie als Boarder zu haben.

Madame Springfield hat mir sehr gefallen, und mit Ihnen zusammen leben zu können wäre schon hinreichend, mich in ihr Haus zu führen. Wollen Sie Ihre Wirthin einmal fragen, ob sie ein großes oder zwei kleine Zimmer für mich hat?

Ja, sie hat deren noch mehrere, und auch die Stube, die Herr Patch bewohnt hat, steht noch leer.

O, so fragen Sie, ob ich diese bekommen kann, fiel Agnes schnell ein, und eine leichte Röthe flog über ihre Wangen.

Agnes hatte während der Erzählung des jungen Mädchens eine Tasse Kaffee zu sich genommen, und jetzt war es bereits Zeit zum Mittagessen geworden, so daß Mary aufstand und sich empfahl, von Agnes aber gebeten wurde, sie Nachmittags nochmals zu beehren, da sie ihres Rathes in noch vielen Angelegenheiten bedürfe.

Agnes ließ das Essen für sich auf ihr Zimmer bringen und wartete dann mit dem Kaffee auf Mary Burton, die ihr beim Abschiede versprochen hatte, denselben bei ihr zu trinken.

Wir können uns wirklich Glück dazu wünschen, dieses liebe Mädchen getroffen zu haben; sie thut sicherlich gern alles für Sie, Fräulein, was in ihren Kräften steht, sagte Harriet mit Wärme; es sollte mich unendlich freuen, wenn wir mit ihr zusammen wohnten.

Und sie kann uns hier von großem Nutzen sein, denn wir sind ja Beide vollständig fremd hier, versetzte Agnes und fügte nach einigen Augenblicken des Nachdenkens noch hinzu: Da fällt mir ein, Harriet, daß ich doch persönlich mit einem Herrn hier bekannt bin, der vor mehreren Jahren meinen seligen Vater besuchte und dem zu Ehren damals in unserem Hause verschiedene Festlichkeiten gegeben wurden. Dieser Herr hieß Stuart und zählte zu den ersten Kaufleuten in New-York; er stand mit Vater in bedeutender Geschäftsverbindung und lieferte ihm große Quantitäten Baumwolle. Ich war damals eben aus der Pension nach Hause zurückgekommen, so daß ich kein Kind mehr war und Herr Stuart sich meiner auch jetzt wohl noch erinnern wird. Es ist ein herzzerreißendes Gefühl für mich, daß die vermeintliche Erbin von Millionen jetzt arm und heimatlos vor einen Bekannten aus jener Zeit treten soll; aber welcher Demüthigung würde sich wohl das Herz aus Liebe nicht unterwerfen! Vielleicht kann Herr Stuart für mich das Gesuch nach Washington an die Regierung besorgen, wenigstens aber mir seinen Rath dabei ertheilen. Ich werde ihm morgen einen Besuch abstatten.

Bald darauf erschien Mary Burton, um versprochener Maßen den Nachmittag bei Agnes zuzubringen. Sie begrüßte dieselbe sogleich mit der Einladung von Madame Springfield, zu ihr zu ziehen; dieselbe wollte ihr Edward's Zimmer und noch eine daran stoßende Kammer für die Dienerin überlassen.

Agnes besann sich nicht lange, der Einladung zu folgen. Mary mußte ihr die Lebensweise in dem Hause beschreiben, ihr dann die Bedingungen nennen, unter welchen man dort wohne, und es wurde beschlossen, nach eingenommenem Kaffee sich dorthin zu begeben und Näheres mit Springfields zu verabreden.

So lassen Sie Ihre Sachen bereit machen, um noch heute Abend bei uns einzuziehen; hier im Gasthause können Sie Sich nicht wohnlich fühlen, sagte Mary, und Harriet stimmte sogleich freudig in den Vorschlag ein, indem sie sich erbot, in der Zeit, wo die Damen ausgegangen sein würden, Alles einzupacken.

Gegen vier Uhr verließ Agnes nun mit Mary das Gasthaus, um sich zu Springfields zu begeben, bat dieselbe aber, sie vorher nach der Post zu begleiten, wo sie ihre Briefe, die nach der Abreise des Herrn Patch hier eingetroffen waren, in Empfang nehmen wolle.

Der lange Spaziergang nach der Post that Agnes wohl, obgleich er sie ermüdete; dort fragte sie nach den Briefen und dieselben wurden ihr auch sofort ohne alles Bedenken ausgehändigt.

Es ist aber doch eigentlich unrecht, mir die Schreiben so ohne Weiteres verabfolgen zu lassen; ein jeder Andere hätte sie sich ja geben lassen können, sagte Agnes zu Mary, als sie sich wieder von der Post entfernten.

Das ist hier nun einmal nicht anders: die Post steht auch weder für einen Brief, noch für Werthpapiere in demselben ein, entgegnete Mary und wählte nun einen anderen Weg, um ihre neue Bekannte nach dem Boardinghause zu führen.

Agnes wurde dort sehr freundlich und herzlich von Herrn und Madame Springfield empfangen; letztere führte sie in die Zimmer, welche sie für sie in Bereitschaft hatte, und Agnes entschloß sich, noch heute ihren Umzug hieher zu bewerkstelligen. Nach kurzem Aufenthalte begleitete Mary sie wieder nach dem Astor House. Harriet war mit den Vorbereitungen zur Uebersiedelung bereits fertig; es wurde ein Wagen bestellt, die Rechnung bezahlt, und ehe eine Stunde verging, hatte Agnes ihre Wohnung in Springfield's Haus bezogen und saß in ihrem Sopha, um sich von den Anstrengungen des Nachmittags zu erholen. Harriet war während der Zeit mit

Auspacken beschäftigt, die Sachen in Commoden und Schrank zu vertheilen und Alles im Zimmer so zu ordnen, wie ihre Herrin gewohnt war, es um sich zu sehen. Als zum Abendessen die Schelle ertönte, erschien Mary bei Agnes, um sie nach dem Speisesaale zu führen, wohin auch Harriet sie begleitete, da man hier keinen Unterschied zwischen der Herrin und der weißen Dienerin kannte. Agnes wurde von sämmtlichen Boarders mit großer Freude bewillkommt, und Alle bemühten sich, ihr aufmerksam und gefällig zu sein. Nach dem Souper verweilte sie noch einige Zeit mit ihnen in dem Parlour und nahm dann, als sie sich auf ihr Zimmer begab, die neuen Zeitungen mit sich, um darin nachzusehen, ob sie Nachrichten über den fernen Westen enthielten.

Einunddreißigtes Kapitel.

Der schwere Gang. Freundlichkeit. Die Gesellschaft. Bereitwilligkeit. Uebertriebene Artigkeit. Der Schmuck. Thätigkeit. Zudringlichkeit. Unverschämtheit. Uneigennützige Anhänglichkeit. Das Camp-Meeting. Die Einladung.

Am folgenden Morgen rüstete sich Agnes nun, um Herrn Stuart einen Besuch abzustatten. Es war ein schwerer Gang, den sie unternehmen wollte, und das Herz erbebte ihr schon jetzt bei dem Gedanken, vor den Mann hinzutreten. Sie wußte nicht, ob er auch bei dem Sturze ihres Vaters in Verlust gekommen war, doch dachte sie es sich als wahrscheinlich, da er immer bedeutende Geschäfte mit ihm gemacht hatte. Sie war aber entschlossen, ihn zu sehen, mochte es ihr auch noch so schwer werden. In sehr einfacher Toilette bestieg sie die Droschke, die sie nach dem Comptoir des Herrn Stuart führen sollte, nachdem Herr Springfield ihr Straße und Ort näher bezeichnet hatte, wo sich dasselbe befinde. Ihre innere Bewegung nahm während des Fahrens noch zu, so daß sie einen Augenblick zögerte, auszusteigen, als der Wagen vor dem genannten Geschäfts-Locale anhielt. Der Gedanke an Edward aber gab ihr wieder Muth; sie befahl dem schwarzen Kutscher, hier auf sie zu warten, und schritt nun entschlossen in das Haus. Am fernen Ende des großen Lagerraumes, in dem zu beiden Seiten Kisten, Ballen und Fässer bis unter die hohe Decke aufgestapelt waren, erkannte Agnes schon von Weitem den Eingang zu dem Comptoir, in welches sie durch das helle Fenster neben demselben hineinblicken konnte.

Beim Oeffnen der Thür zog sie den schwarzen Schleier von ihrem Gesichte zurück und trat bleich und bebend in den großen Raum, in welchem viele Männer an Schreibpulten beschäftigt waren. Aller Blicke richteten sich nach ihr hin und blieben mit Erstaunen auf sie geheftet. Einen alten Herrn, der sein Pult verließ und auf sie zutrat, fragte sie nun mit halblauter Stimme, ob sie Herrn Stuart auf einige Augenblicke sprechen könne, worauf der Alte sie durch den Saal geleitete und zu der Thür eines anstoßenden Zimmers führte, welche er für sie öffnete. Er trat hinter ihr herein und sagte zu einem Herrn, der mit dem Rücken nach ihnen gewandt vor einem Schreibtische saß;

Herr Stuart, eine Dame wünscht Sie zu sprechen! worauf er wieder aus der Thür ging und dieselbe hinter sich schloß.

Der Mann an dem Schreibtische, welcher Herr Stuart war, sah sich um uud sprang verwundert auf, als er die Fremde erblickte; er verneigte sich höflich, reichte ihr einen Stuhl und bat sie, sich niederzulassen. So bleich und verstört Agnes auch erschien und so wenig vortheilhaft ihr ganz schwarzer Anzug auch gewählt war, so überraschte ihre seltene Schönheit Herrn Stuart doch, und das Vornehme, das Edle ihrer Erscheinung zwang ihm eine zweite tiefe Verbeugung ab, ehe er sich ihr gegenüber niederließ.

Welchem günstigen Zufalle habe ich das Glück Ihres

Besuches zu verdanken, mein Fräulein? fragte er mit großer Artigkeit und ließ seinen erstaunten Blick auf Agnes ruhen.

Ich komme, um mir Ihre Hülfe, Ihren Beistand in einer mir sehr wichtigen Angelegenheit zu erbitten, Herr Stuart. Ich bin Ihnen jetzt fremd und ich weiß es nicht, ob das Zurückrufen unserer früheren Bekanntschaft in Ihrer Erinnerung eine Empfehlung für mich sein wird; es hat sich Vieles seit jener Zeit geändert und Manches ist geschehen, was vielleicht meinem Namen einen unangenehmen Klang in Ihrem Ohr geben könnte, antwortete Agnes zögernd und suchte in dem Blicke des Mannes zu lesen, was sie von ihm zu erwarten habe.

Sie setzen mich in Erstaunen, gnädiges Fräulein, und foltern zugleich mein Gedächtniß; es kann nicht möglich sein, daß ich Ihnen schon einmal im Leben begegnet wäre, versetzte Stuart mit augenscheinlicher Spannung und hielt seinen Blick auf Agnes geheftet.

Ich sah Sie in meines Vaters Haus in Zeiten seines Glückes, seines Reichthums, nahm Agnes wieder das Wort, und die Rede erstarb abermals für einige Augenblicke auf ihren Lippen, als wage sie nicht, sich diesem Manne zu nennen. Nach einer kurzen Pause aber sagte sie: Mein Name ist Walcott.

Wie ein elektrischer Schlag trafen Stuart diese

Worte; er fuhr zusammen, ein finsterer Schatten flog über seine Züge, seine Brauen näherten sich einander, und mit dem Ausdrucke einer verhaßten Erinnerung in seinem Blicke wiederholte er: Walcott?!

Agnes sank in sich zusammen; es war ihr, als hätten alle Kräfte sie verlassen, und noch mehr erbleichend, wandte sie sich von Stuart's Blick ab und sah vor sich nieder.

Allerdings, Fräulein, die Erinnerung an diesen Namen ist keine sehr erfreuliche für mich, derselbe kostet mich nicht weniger als hunderttausend Dollars. Es war ein hoher Preis, den ich für die vermeinte Freundschaft Ihres Herrn Vaters gezahlt habe.

Eine Pause trat jetzt ein, in der Agnes nicht wieder aufblickte und in welcher sich viele sehr unangenehme Gedanken in Stuart's Erinnerung zu drängen schienen. Die Macht, der Zauber aber, den die Lieblichkeit, die Schönheit, die Unschuld in Agnesens Erscheinung auf ihn ausübte, war doch stärker, als die bösen Gefühle, die sich des Mannes bemächtigt hatten; er sah, wie bleich sie geworden war, sah, wie ihre Hände bebten und erblickte den Glanz der Thränen, die unter ihren niedergeschlagenen Wimpern hervorquollen.

Verzeihen Sie, Fräulein; der ungeheure Verlust, den ich erlitten und der mich damals an den Rand des

Verderbens führte, ist noch zu frisch in meinem Gedächtnisse, als daß mich Ihr Name nicht hätte sehr unangenehm berühren müssen. Auf Ihnen lastet ja aber keine Schuld und Sie kann kein Vorwurf von meiner Seite treffen, sagte Stuart jetzt mit einem beschwichtigenden Tone, indem er Agnes näher rückte, und fuhr dann nach einigen Augenblicken fort: Sie kommen mit einem Anliegen zu mir, Sie sagten, ich könnte Ihnen helfen und beistehen; was ist es denn, was ich für Sie thun kann? Ich bin gern dazu bereit.

Die letzten Worte waren mit Theilnahme und Zutrauen erregend gesagt und verfehlten nicht, einen besänftigenden Eindruck auf Agnes zu machen; sie hob ihren thränenschweren Blick zu Stuart auf, sah ihn an, als wolle sie sich überzeugen, ob sie sich auch nicht verhört habe, und sagte dann:

Es schmerzt mich sehr, Herr Stuart, solche schreckliche Erinnerungen in Ihnen hervorgerufen zu haben; ich mußte Ihnen aber doch meinen Namen nennen, so gern ich es vermieden hätte, Ihnen dadurch einen unangenehmen Augenblick zu verursachen. Zürnen Sie mir nicht und hören Sie meine Bitte, die Ihren Rath beansprucht.

Er steht Ihnen mit Freuden zu Diensten, Fräulein;

nochmals, was soll ich für Sie thun? entgegnete Stuart mit freundlichem Tone.

Ich bin, nachdem meine Tante Amalie mir durch den Tod genommen und ich ganz allein und verlassen in der Welt stand, meinem Verlobten hieher gefolgt, der im vergangenen Jahre in dieses Land auswanderte, um sich ein dauerndes Brod zu suchen. Er hat sich hier einige Zeit als Feldmesser ernährt, vorlor aber bei dem Sturze einer hiesigen Bank sein kleines Capital und ist dann mit jenen Indianern, die hier eine Büffeljagd gegeben haben, von Washington aus in die Wildniß gezogen, um dort als Biberjäger sein Glück zu versuchen. Es war ein verzweifelter Schritt, den er in der Hoffnung gethan hat, dort in kürzerer Zeit Vermögen zu erwerben, um mir eine sichere Existenz an seiner Seite bieten zu können. Ich muß ihn nun auf irgend eine Art von meinem Hiersein in Kenntniß setzen und bin mit den hiesigen Verhältnissen so unbekannt, daß ich nicht weiß, in welcher Weise ich dies ausführen kann. Meiner Ansicht nach müßte es durch die Regierung in Washington am sichersten geschehen können, und hierüber wollte ich mir Ihre Ansicht und Ihren Rath erbitten.

Es ist ein günstiger Zufall, Fräulein, daß ich gerade heute im Stande bin, Ihnen die allergenaueste Auskunft darüber zu verschaffen, welche Wege Sie einzuschlagen haben. Der Vorstand des Indianer-Departements bei der Regierung in Washington, Herr Spencer, befindet sich augenblicklich hier und wird den heutigen Abend bei mir zubringen. Erfreuen Sie mich und meine Familie gleichfalls mit Ihrer Gegenwart, dann haben Sie eine Gelegenheit, selbst mit Herrn Spencer die Sache zu bereden. Meine Frau und meine Töchter werden sich unendlich freuen, Sie bei sich zu sehen; ich habe denselben damals nach meiner Rückkehr von Irland wiederholt von Ihnen erzählt, bin aber mit meiner Schilderung zu Ihren Gunsten weit hinter der Wirklichkeit zurückgeblieben.

Bei diesen Worten verneigte Stuart sich ehrerbietig vor Agnes und bezeichnete ihr dann seine Privatwohnung, wo er sie um acht Uhr Abends zu begrüßen hoffte.

Agnes erhob sich nun, sagte ihm ihren herzlichsten Dank für seine Bereitwilligkeit, ihr beizustehen, und empfahl sich ihm mit dem Bemerken, daß sie von seiner gütigen Einladung Gebrauch machen werde. Ohne sich umzusehen, eilte sie durch das Comptoir hinaus nach dem Wagen und kehrte mit neuem Muthe, mit neuer Hoffnung im Herzen in ihre Wohnung zurück.

Den Tag verbrachte Agnes mit Mary Burton in deren Zimmer, indem sie derselben bei ihrer Näharbeit half und sich von ihr von Edward erzählen ließ. Sie hörte nicht auf, zu fragen, und insbesondere mußte ihr das Mädchen Vieles in Bezug auf die Witwe Willis beantworten.

Der Abend kam, und Agnes fuhr, von Harriet begleitet, an der Wohnung des Herrn Stuart vor, deren Fenster hell im Lichterglanze strahlten. Sie schied von der Dienerin mit der Bitte, um zehn Uhr sie wieder in einem Wagen abzuholen, und trat in den Corridor ein. Einige Negerinnen führten sie in das Garderobezimmer, wo sie Mantel und Shawl ablegte und sich dann in den ersten Stock nach den Gesellschaftsräumen geleiten ließ. Sie war in schwarze Seide gekleidet, einfache, weiße Spitzen umgaben ihren Nacken, so wie die Oeffnungen ihrer Aermel, und der einzige Schmuck, den sie trug, war der, den die Natur ihr gegeben hatte: ihre reichen, goldigen Locken.

Die Thür öffnete sich und Agnes trat in den lichtdurchstrahlten, mit Damen und Herren angefüllten großen Saal. Aller Blicke richteten sich nach der Eintretenden hin, und die Herren schritten schnell zur Seite, um ihr den Weg zu den Damen zu öffnen, die in Sopha's, Divans und Armstühlen um Tische gereiht saßen und durch das Eintreten der schönen Fremden in ihrer Unterhaltung gestört wurden. Eine plötzliche, feierliche Stille war eingetreten, die nur durch das Rauschen des schweren

Seidenstoffes von Agnesens Gewand unterbrochen ward. Herr Stuart eilte ihr jetzt entgegen, begrüßte sie mit Ehrerbietung und führte sie zu einem Sopha, wo er sie seiner dort sitzenden Gattin vorstellte. Agnes mußte neben derselben Platz nehmen und wurde von ihr auf das freundlichste willkommen geheißen.

Das stumme Staunen, welches die Gesellschaft bei Agnesens Erscheinen ergriffen hatte, machte jetzt einer lebhaften leisen Unterhaltung Platz, die sich um die Fremde bewegte, da Alle zu wissen wünschten, wer sie sei. Herr Stuart stellte Agnes nun den Herrn Spencer, den Vorstand der Indianer-Angelegenheiten bei der Regierung in Washington, vor und theilte ihm mit, daß Fräulein Walcott sich seinen Rath und seine Hülfe in einer ihr wichtigen Sache erbitten würde, worauf dieser Herr ihr seine Dienste bereitwillig zur Verfügung stellte und sie bat, es ihn wissen zu lassen, wenn sie ihm das Nähere darüber sagen wolle. Madame Stuart machte Agnes nun auch mit ihren beiden Töchtern bekannt und stellte sie den Damen in ihrer Nähe vor.

Nachdem diese Höflichkeitsformen gewahrt, näherte sich ein junger Mann dem Sopha, wo Agnes saß, und Madame Stuart wandte sich abermals zu derselben und sagte mit einer Handbewegung nach dem Herzutretenden:

Erlauben Sie auch, Fräulein Walcott, daß ich Sie mit meinem Sohne William Stuart bekannt mache.

Wenn auch nicht unter den Ersten, welche das Glück haben, Ihnen vorgestellt zu werden, Fräulein Walcott, so weiß ich dasselbe vielleicht doch höher zu schätzen, als Andere, sagte der junge Mann, sich verneigend, zu Agnes und heftete seinen Blick so fest auf deren Augen, daß sie, unangenehm berührt, dieselben niederschlug.

William Stuart war eine große und schlanke Gestalt, bleich, mit tief schwarzem, glänzendem Haar, sehr dunklen, eingesunkenen Augen und eingefallenen Wangen. Die Ruhe und Spannlosigleit in seinen Bewegungen stand mit der Lebendigkeit seines unheimlich glühenden Blickes in grellem Widerspruche, und es schien, als habe der Körper unter der Gewalt der Leidenschaften gelitten. Seine Kleidung zeigte den Elegant von Broadway, seine Haltung aber war nachlässig und schlaff. Er stand, mit der Rechten auf die Lehne eines Stuhles gestützt, mit der Linken im Busen und mit dem Fuße übergeschlagen neben Agnes und sagte ihr Schmeicheleien in so gewandten, geistreichen Worten, daß sie bald roth, bald bleich wurde, und es ihr vorkam, als sei er gewohnt, mit diesen Waffen über Frauenherzen zu siegen. Ihr Gefühl sträubte sich dagegen, seinem Blicke zu begegnen, und nur um seine unverschämten Artigkeiten zurückzuweisen, sah sie ihn manchmal in ihrem Unmuthe strafend an. Vergebens wandte sie sich zu Madame Stuart und suchte ein Gespräch mit ihr einzuleiten, deren Sohn drängte sich immer wieder zwischen ihre Reden und wußte es in geübter Weise wieder an sich zu ziehen. Da begegnete Agnesens Blick dem des Herrn Spencer, der eben allein stand, und sie gab ihm, sich aus dem Sopha erhebend, ein Zeichen, daß sie ihn jetzt zu sprechen wünsche. Mit einer Verbeugung gegen den jungen Stuart glitt sie an ihm vorüber und zu Herrn Spencer hin, der sie nach einer Fensternische geleitete und dort ihr gegenüber Platz nahm. Agnes trug ihm nun ihre Angelegenheit vor, sagte ihm alles, was ihr von Edward's Unternehmen bekannt war, und bat sich dann seine Ansicht und seinen Rath aus.

Im Laufe des Nachsommers werden mehrere Agenten der Regierung zu den jährlichen großen Berathungen der befreundeten Indianer gesandt werden, und durch sie möchte es zu ermitteln sein, wo sich Herr Patch jetzt aufhält, zugleich aber könnte ich ihm möglicher Weise bei dieser Gelegenheit Nachricht von Ihnen zukommen lassen, sagte Spencer, nachdem Agnes ihre Mittheilung beendet hatte.

Bis in den Nachsommer? entgegnete Agnes erschrocken — um Gottes willen, nein, so lange darf er nicht ohne Nachricht von mir bleiben, er muß sie ohne allen Zeitverlust erhalten!

Das könnte nur durch besondere Abgesandte der Regierung und dann wieder durch von diesen gedungene Indianer ausgeführt werden, und dadurch würden sehr große Ausgaben beansprucht. Wenn die Sicherheit, die Erhaltung eines americanischen Bürgers auf dem Spiele stände, so würde die Regierung mit Berücksichtigung der Persönlichkeit vielleicht solche Kosten nicht scheuen, für einen Ausländer aber, der sich auf eigene Gefahr hinausgewagt hat, wird sie nicht darauf eingehen, entgegnete Spencer mit Achselzucken, und fügte, da er sah, welch ergreifenden, niederschlagenden Eindruck seine Erklärung auf Agnes machte, tröstend hinzu:

Es wird ihm ja in den wenigen Monaten nichts Böses begegnen; wie viele Biberjäger leben Jahre lang in jenen Ländern und kehren frisch und gesund zurück!

Agnes saß eine Weile, schweigend vor sich niederblickend, dann sagte sie mit ängstlicher Stimme:

Wie hoch würden sich denn wohl die Kosten belaufen, wenn man sogleich einen Abgesandten hinschickte?

Das ist schwer zu bestimmen, Fräulein, da es darauf ankommt, wie hoch ein solcher Mann seine Forderung stellt, und man müßte doch einen rechtlichen, zu der Mission tüchtigen Menschen wählen. Ich glaube, es würden zweitausend Dollars deponirt werden müssen, wenn die Regierung sich darauf einlassen sollte, die Sache in die Hand zu nehmen, welches ich Ihnen wohl versprechen könnte. Auch würde ich dafür Sorge tragen, daß der Kostenaufwand so gering als möglich sich herausstellen sollte, und das nicht verbrauchte Geld würde Ihnen zurückgezahlt werden, erwiederte Spencer, der jetzt bemerkte, wie Agnesens Blick sich erheiterte.

Ich werde Ihnen diese Summe einhändigen, wenn Sie Sich der schnellen Ausführung meiner Bitte unterziehen wollen, Herr Spencer! Sie werden mich zu Ihrer ewigen Schuldnerin machen, sagte Agnes rasch und mit hoffnungsstrahlendem Blicke — wie bald muß ich Ihnen das Geld zustellen — hat es Zeit bis übermorgen?

Ich werde wohl noch einige Tage länger hier verweilen, Fräulein, und wenn Sie mir nur ein paar Worte in das Astor House senden wollen, wo ich abgestiegen bin, so werde ich Ihnen meine Aufwartung machen und den Betrag selbst bei Ihnen in Empfang nehmen. Auf die gewissenhafteste, zweckmäßigste Verwendung zur schnellmöglichsten Erreichung unseres Zieles dürfen Sie unbedingt rechnen; ich werde allen Einfluß der Regierung und alle ihr zu Gebote stehenden Mittel benutzen, um Ihre Nachricht dem Herrn Patch eiligst zukommen zu lassen. Geben Sie Sich ruhig jeder Hoffnung hin, sagte

Spencer mit einem Ausdrucke aufrichtiger Theilnahme und freudiger Bereitwilligkeit, wofür Agnes sich nun bemühte, ihm durch Worte tiefster Innigkeit ihren Dank auszusprechen. Lange noch hielt sie den freundlichen, ihr wohlwollenden Mann im Gespräche bei sich gefesselt, und er fühlte sich so wohl in ihrer Nähe, daß er gern das Ende ihrer Unterhaltung hinausschob, während William Stuart von Weitem sie beobachtete und seinen glühenden Blick auf sie geheftet hielt. Endlich konnte Agnes sich jedoch nicht länger der Gesellschaft der Damen entziehen, sie reichte Spencer dankend ihre Hand, empfahl sich ihm mit der Hoffnung, ihn bald bei sich in ihrer Wohnung sehen zu können, und begab sich dann zu Madame Stuart in das Sopha zurück. Sie begann sofort ein Gespräch mit mehreren Damen in ihrer Nähe, und wußte es so zu beleben, daß es dem jungen Stuart, der bald darauf wieder an ihre Seite trat, doch nicht möglich wurde, dasselbe zu unterbrechen. Dabei schaute sie verstohlen wiederholt auf ihre Uhr, und als deren Zeiger auf Zehn stand, wandte sie sich rasch an die Frau vom Hause, bat sie, zu entschuldigen, wenn sie sich jetzt, ohne Störung zu verursachen, entferne, und erhob sich aus dem Sopha. Dann reichte sie Madame Stuart ihre Hand zum Abschiede, verneigte sich gegen die Damen in ihrer Nähe und wollte mit gleichem Gruße von dem jungen Stuart scheiden, dieser jedoch blieb an ihrer Seite und geleitete sie aus dem Saale. An der Treppe bat Agnes ihn, sich nicht weiter zu bemühen, da ihr Kammermädchen bereits in der Garderobe ihrer harre, um sie nach Hause zu geleiten.

Und Sie könnten glauben, ich würde Sie dem Schutze eines Mädchens anvertrauen, um in dieser späten Stunde die Straßen New-Yorks zu durchwandern? fiel ihr Stuart lebhaft in das Wort.

Ich bitte um Vergebung, Herr Stuart, ich beabsichtige nicht die Straßen zu durchwandern, es harret meiner ein Wagen vor der Thür. Ich bitte jetzt recht sehr, mich Ihnen empfehlen zu dürfen, um in der Garderobe meine Toilette ordnen zu können.

Mit diesen sehr bestimmt gesprochenen Worten verneigte Agnes sich gegen den jungen Mann und eilte schnell die Treppe hinab, wo Harriet ihr im Corridor entgegen kam. Bald darauf saßen die Beiden in der Kutsche, und Agnes theilte nun gleich der treuen Begleiterin mit, was sich zwischen ihr und Herrn Spencer zugetragen hatte.

Aber zweitausend Dollars, Fräulein? So viel baares Geld besitzen wir ja bei Weitem nicht mehr, entgegnete Harriet.

Mein Schmuck ist mehr werth. Meine gute Tante

hat mir ja geweissagt, daß die Perlen in demselben Freudenthränen bedeuteten, und deßhalb sollen sie meinen Edward zu mir führen, dann hat Amalie Recht gehabt, sagte Agnes, und Harriet fügte halblaut hinzu:

Das gebe der allmächtige, gütige Gott!

Am folgenden Morgen, gleich nach dem Frühstücke, ging Agnes, von Herrn Springfield und Mary Burton begleitet, zu dem ersten Juwelier der Stadt und verkaufte demselben ihren Schmuck für etwas mehr als zweitausend Dollars.

Noch an demselben Abende kam Herr Spencer auf ihre Bitte zu ihr in ihre Wohnung und empfing aus ihren Händen die geforderte Summe, um Edward durch Vermittlung der Regierung Nachricht über ihre Anwesenheit in New-York zuzusenden.

Hoffnung war jetzt wieder mit ihren beseligenden Glücksträumen in Agnesens Herz eingezogen, das Leid der Vergangenheit verblich abermals vor dem Sonnenlichte der nahen Zukunft und die Gegenwart mit ihrer Sehnsucht wurde dem liebenden Mädchen nicht mehr durch bange Zweifel zur peinigenden Qual. Agnes wiegte sich in die Ueberzeugung ein, daß nun bald all ihr Hoffen in Erfüllung gehen werde, und berechnete nach den Andeutungen Spencer's über den muthmaßlichen Zeitbedarf zur Ausführung der Sendung an Edward jetzt schon die Zeit, wann sie ihm unter Freudenthränen an das Herz sinken werde. Sie sah ihn im Geiste in dem Augenblicke, wo er die Nachricht von ihr empfing, sah, wei er Alles im Stiche ließ, sich auf sein Roß schwang und ihren Armen entgegeneilte, und dann preßte sie beide Hände unwillkürlich gegen ihr Herz, als wolle sie dessen ungestümes Pochen mildern. Jeden Morgen begrüßte sie freudig als eine Bürgschaft, daß sie ihrem Glücke um einen Tag näher kommen sollte, und Abends, wenn sie die Augen schloß, dankte sie dem Himmel, daß ein Tag weniger bis zu ihrer Wiedervereinigung mit dem Geliebten vor ihr lag. Edward sollte sie aber auch ohne Sorgen um ihren Unterhalt an sein Herz drücken, weßhalb sie Mary Burton bat, ihr von dem Hause, für welches dieselbe fortwährend beschäftigt war, gleichfalls Näharbeiten zu verschaffen; denn das baare Geld, welches sie noch besaß, wollte sie möglichst zusammenhalten, damit sie dasselbe Edward bei seiner Ankunft zur Verfügung stellen könne, für den Fall, daß es ihm bei dem Beginnen irgend eines Geschäftes nöthig sein sollte. Mit Freuden erfüllte Mary ihre Bitte und bewirkte es, daß ihr reichlich Arbeit übertragen wurde. Dieselbe war sehr lohnend und setzte Agnes in den Stand, bei einigem Fleiße ihre eigenen laufenden Ausgaben recht gut mit dem Verdienste bestreiten zu können, während ihr doch noch einige Stunden zu ihrer Erholung frei blieben. Harriet aber war auch nicht müßig und ärntete durch ihre größere Geschicklichkeit mehr als das Dreifache von dem, was ihre Herrin und Mary zusammen erwarben. Sie arbeitete in einem Putzgeschäfte, wo sie künstliche Blumen verfertigte, die ihr stückweise außerordentlich hoch bezahlt wurden. Wenn Agnes und Mary nun zusammen den Tag fleißig verbracht hatten, so legten sie, wenn die Sonne sich neigte, ihre Arbeit bei Seite und wanderten mit einander Broadway hinab, nach dem Geschäfts-Locale, wo Harriet sich befand, um dieselbe abzuholen und vor dem Abendbrode einen Spaziergang mit ihr zu machen.

An einem Morgen, kurz vor dem Mittagessen, als Agnes mit ihrer Arbeit bei Mary im Zimmer am Fenster saß und mitunter einen Blick durch die Scheiben auf die Straße warf, sah sie einen Herrn über dieselbe auf ihr Haus zuschreiten, in dem sie den jungen Stuart erkannte.

Da kommt der Sohn des Herrn Stuart, von dem ich Ihnen sagte, ich hoffe doch nicht, daß er mich besuchen will; er ist ein unleidlicher, zudringlicher Mensch, dessen unverschämte Artigkeiten mich mit Widerwillen gegen ihn erfüllt haben, sagte Agnes zu Mary und lauschte nach dem Tone der Schelle an der Hausthür.

Wahrhaftig, er kommt in das Haus! fuhr sie fort, als die Glocke ertönte, und blickte unruhig nach der Thür, die sich jetzt öffnete und durch welche die schwarze Dienerin eintrat und Herrn William Stuart anmeldete, der Fräulein Walcott seine Aufwartung zu machen wünschte.

Sagen Sie mit meiner Empfehlung an Herrn Stuart demselben, daß ich bedauerte, ihn nicht empfangen zu können, indem ich keine Besuche von Herren annähme, sagte Agnes zu der Negerin und entfernte sich von dem Fenster, während Mary Burton an demselben sitzen blieb und verstohlen seitwärts in die Straße hinabschaute. Gleich darauf verließ Herr Stuart das Haus wieder und grüßte nach dem Fenster hinauf, wo Mary saß; diese aber that, als ob sie ihn nicht sähe, und erwiederte den Gruß nicht.

Wenige Tage später, als Agnes mit Mary und Harriet Abends von dem gewohnten Spaziergange zurückkehrte und Beide sie in ihr Zimmer begleiteten, sahen sie beim Eintreten in dasselbe durch das Düster, welches bereits darin herrschte, einen großen Blumenstrauß auf dem Tische stehen. Agnes trug ihn verwundert an das Fenster und sah nun, daß er aus den prächtigsten Camellien zusammengesetzt war.

Wie kommt denn dieses kostbare Bouquet in mein

Zimmer? sagte Agnes erstaunt, indem sie die wirklich wundervollen Blumen betrachtete.

Ich will schnell fragen, wer es Ihnen verehrt hat; gewiß ist es eine Aufmerksamkeit eines der Herren hier im Hause, fiel Harriet ein und sprang aus dem Zimmer die Treppe hinab. Nach wenigen Augenblicken kehrte sie zurück und berichtete, daß Herr William Stuart den Strauß der Dienerin mit der Weisung eingehändigt habe, denselben auf Agnesens Tisch zu stellen.

Das ist doch die Unverschämtheit zu weit getrieben — sehen Sie, hier steckt seine Visitenkarte zwischen den Blumen! sagte Agnes entrüstet, indem sie die Karte auf den Tisch warf, das Glas mit den Blumen Harriet reichte und sie bat, dieselben in den Parlour vor den Spiegel zu stellen. Bitte, Harriet, fügte sie noch hinzu, sage den Dienern im Hause, daß niemals wieder etwas für mich von dem Herrn Stuart angenommen werde.

Dieser Befehl wurde denn auch einige Tage nachher durch die Hausnegerin ausgeführt, indem sie diesem Herrn die Annahme eines Bouquets verweigerte und ihm sagte, daß Fräulein Walcott ein für alle Mal nichts von ihm empfangen wolle.

Hiermit war Agnes aber noch keineswegs der Aufmerksamkeit des jungen Mannes überhoben, denn wenn sie auch die Grüße nicht erwiederte, die er ihr täglich von der Straße herauf nach dem Fenster, wo sie saß, sandte, so begegnete er ihr jetzt regelmäßig einige Male bei ihren Abendpromenaden, wo er sie dann nöthigte, sein Compliment zu empfangen. Nur aus Rücksicht gegen seinen Vater, der ihr einen so wichtigen Dienst erzeigt hatte, wollte sie nicht geradezu unartig gegen den jungen Mann erscheinen, sonst würde sie ihm schon den ersten Strauß zurückgesandt und ihm jetzt auf seine Grüße nicht gedankt haben. Eines Abends war er ihr auch begegnet und hatte sie gegrüßt, während sie zwischen ihren beiden Freundinnen sich auf dem Platze vor der Post erging, und sie hatte mit diesen nach einiger Zeit Broadway erreicht, um sich nach Hause zu begeben, da sah sie von Weitem abermals den jungen Stuart ihr entgegen kommen.

Es ist wirklich unleidlich, dort kommt der Mensch wieder her; wir wollen umwenden und durch die nächste Straße gehen, sagte Agnes zu ihren Begleiterinnen, indem sie stehen blieb und alle Drei nun wieder auf dem Trottoir zurückschritten. Sie waren aber noch gar nicht weit gegangen, als sie rasche Tritte hinter sich hörten und nach wenigen Minuten Stuart mit den Worten an ihre Seite trat:

Fräulein Walcott, zürnen Sie mir nicht, wenn mein Gefühl der Verehrung, der Hochschätzung für Sie mich unwiderstehlich drängt, Ihnen dasselbe in Worten auszusprechen: vergebens habe ich mich bisher bemüht, eine Gelegenheit dazu herbeizuführen, und länger konnte ich meine Sehnsucht nach dem Tone Ihrer süßen Stimme nicht beherrschen.

Bei diesen Worten verneigte sich Stuart tief und heftete seinen durchdringenden Blick auf Agnesens Augen.

Agnes entfärbte sich und zögerte, vorwärts schreitend, einige Augenblicke mit der Antwort; dann richtete sie sich aber zu ihrer vollen Größe auf und sagte mit stolzem Tone:

Herr Stuart, wenn Sie mich wirklich hochschätzten, so würden Sie mein wiederholtes Zurückweisen Ihrer Aufmerksamkeiten und Schmeicheleien nicht unbeachtet gelassen und mich jetzt nicht in die unangenehme Nothwendigkeit versetzt haben, es mit Worten auszusprechen, daß ich durchaus keine solche von Ihnen empfangen will, noch empfangen darf. Ich will sie nicht empfangen, weil jede übertriebene Artigkeit eine Beleidigung ist, und ich darf sie nicht empfangen, weil ich eine verlobte Braut bin. Diese Mittheilung wird wohl genügen, um mich vor Ihnen zu rechtfertigen, und wird Sie veranlassen, mir keine weitere Beachtung als die der allgemeinen Höflichkeit zu zollen.

Mit diesen sehr deutlich und ruhig gesagten Worten

verneigte sich Agnes gemessen gegen den jungen Mann und setzte dann, von ihm wegblickend, mit Mary Burton und Harriet ihren Abend-Spaziergang fort.

Stuart stand wie angewurzelt da; die Worte erstarben ihm auf der Zunge, er war bleich wie der Tod und sandte ihr einen wuthleuchtenden Blick nach. Von jetzt an begegnete er derselben nicht mehr, sie hörte und sah nichts von ihm und war froh darüber, wenn sie auch manchmal der Gedanke beunruhigte, daß er ihr Benehmen möglicher Weise seiner Familie in einem Lichte dargestellt haben könnte, welches nicht günstig auf sie fiel. Um so mehr war sie überrascht, als sie eines Morgens von seinen Eltern eine Einladung für den nächstfolgenden Abend zu einer Soirée erhielt. Die Gelegenheit kam Agnes sehr erwünscht, um Madame Stuart eine Andeutung über .hre Stellung und ihr Benehmen zu geben und dadurch etwaigen Aeußerungen ihres Sohnes zu ihrem Nachtheile zu begegnen. Sie schrieb an Madame Stuart, dankte ihr mit herzlichen Worten für ihre Freundlichkeit, sagte ihr aber, daß sie durchaus keine Gesellschaften besuchen würde, bis ihr Bräutigam sie in dieselben begleiten könne. Dann dankte sie Herrn Stuart nochmals für den ihr erzeigten wichtigen Dienst und bat schließlich um Erhaltung ihrer freundschaftlichen Gefühle für sie.

An diesem Morgen wurde Agnes durch einen Brief des Herrn Spencer aus Washington erfreut, worin derselbe ihr anzeigte, daß bereits ein ausgezeichneter, zuverlässiger Mann, ein früherer Indianer-Agent der Regierung, nach dem Westen abgereis't sei, um Edward aufzusuchen und ihm die Nachricht von Agnes zu überbringen. Herr Spencer wünschte ihr Glück dazu, daß ihre Angelegenheit in so gute Hände gekommen war, und sprach freudig die Ueberzeugung aus, daß das gewünschte Resultat der Sendung nicht lange auf sich warten lassen würde.

In ungestörter Ruhe und durch Hoffnung beseligter Sehnsucht schwanden Agnes die Tage, und der Monat war zu Ende gegangen, als sie Abends in ihrem Zimmer im Sopha saß und bei dem Lichte der Lampe, die vor ihr auf dem Tische stand, den Erwerb zusammenzählte, den sie sich durch ihrer Hände Arbeit verschafft hatte. Er belief sich zu ihrer Freude auf zehn Dollars mehr, als sie seit ihrem Einzuge in Springfield's Hause ausgegeben hatte. Da trat Harriet aus ihrer Kammer zu ihrer Herrin an das Sopha, ergriff mit ihrer Linken deren Hand und legte mit der Rechten einen Leinenbeutel mit hundertundzwanzig Dollars mit den Worten vor sie auf den Tisch:

Hier, Fräulein, der Himmel hat meine Arbeit für

Sie gesegnet; so gnädig hat er sie mir noch niemals gelohnt. Wenn Herr Corblair hier gewesen wäre, so hätten wir zusammen noch nicht einmal so viel gebraucht, wie wir verdient haben.

Aber, beste Harriet, dieses ist ja dein eigener Verdienst, dein alleiniges Eigenthum, welches du dir zurücklegen sollst; ich habe ja mehr eingenommen, als ich ausgegeben habe, entgegnete Agnes mit einem dankbaren, liebevollen Blicke, und drückte die Hand des herzigen Mädchens.

Nein, nein, Fräulein, es gehört Ihnen, nur für Sie habe ich gearbeitet, und nur für Sie hat der Himmel mein Schaffen gesegnet! Nehmen Sie das Geld und machen Sie ihre Harriet glücklich dadurch! sagte diese und drückte ihre Lippen bittend auf die Hand ihrer Herrin.

Ich kann es ja wahrlich nicht, gute, liebe Harriet, wie darf ich ...

Sie müssen es, Fräulein, Sie können es mir nicht abschlagen, Sie können mich nicht so sehr betrüben. Nein, nein, das können Sie gar nicht; warten Sie, ich lege es gleich in Ihren Koffer, erwiederte Harriet und wollte den Beutel ergreifen, als Agnes aufspringend ihre Hand erfaßte und sie an ihre Brust zog.

Du geliebtes, theures Mädchen, wie soll ich jemals

im Leben im Stande sein, dir deine Liebe, deine Aufopferung für mich zu danken? sagte sie tief ergriffen und küßte Harriet mit inniger Zärtlichkeit, während Beider Augen sich mit Thränen füllten.

Nun wird Alles ja so gut und so ganz nach Wunsch gehen; wie oft schon hatten wir den Muth verloren! brach nach einer Weile, durch ihre Thränen freudig lächelnd, das Mädchen das Schweigen, indem sie Agnesens Hand an ihr Herz drückte.

O, großer, gütiger Gott, wenn es nur erst Wahrheit wäre, wenn ich nur in Wirklichkeit erst Edward's Blick wieder begegnete, seine Stimme wieder hörte, seine Hand wieder in der meinigen fühlte — o, Harriet, mir ist das Herz so voll bangen Zagens und so voll beseligender Hoffnung! sagte Agnes, und ließ ihren Kopf an die Brust der treuen Gefährtin sinken.

Sie sehen ja, Fräulein, wie das Schicksal uns jetzt günstig ist. War es nicht eine Fügung des Himmels, daß Sie mit Herrn Spencer bekannt wurden, wie hätten Sie ohne ihn Herrn Corblair wohl mit Sicherheit Nachricht zusenden können? Es geht Alles gut — lassen Sie uns nun auch freudigen Herzens der Zukunft entgegensehen. Bald, bald, Fräulein, gibt's einen Freudentag, einen hohen Festtag, auch für mich!

Agnes gab sich nun mit vollen Zügen ihrer Hoffnung hin, sie berechnete wieder mit Harriet, wie bald möglicher Weise der Bote zu Edward gelangen und in wie kurzer Zeit dieser dann New-York erreichen könne; sie beredeten, wie sie sich hier einrichten wollten, wie viel ihnen zusammen ihr Leben monatlich kosten würde und wie sie ihre Arbeitszeit und ihre Erholungsstunden eintheilen wollten.

Die sogenannten Camp-Meetings oder die massenhaften Auszüge der Methodisten auf das Land, wo dieselben durch Gottesdienst im Freien das Andenken an die Zeit feiern, in welcher Christus in der Wüste lebte, hatten ihren Anfang genommen, und viele Tausende aus allen Gesellschaftsclassen der Einwohnerschaft von New-York waren eine halbe Stunde weit hinaus in den Wald gewandert und hatten dort ein Lager aufgeschlagen. Zelte von allen Größen, allen Formen, Hütten von Reisig und immergrünen Büschen, Bretterverschläge und Buden erhoben sich zu Hunderten unter den noch laublosen Kronen der Bäume, und allenthalben stiegen Rauchsäulen über flackernden Lagerfeuern zu dem heiteren Himmel auf. In der Mitte dieser improvisirten Wohnungen lag ein großer, offener Platz, auf welchem der Gottesdienst gehalten wurde. An dem einen Ende desselben stand eine hohe Tribüne, noch der zu beiden Seiten Treppen hinaufführten und von welcher herab die Prediger zu der versammelten Gemeinde redeten. In kurzer Entfernung vor der Tribüne erhob sich ein mit schwarzem Tuche bedeckter Altar, und etwas weiter zurück begannen die langen und unzähligen Reihen von Bänken, welche den großen Platz bedeckten und welche zu Sitzen für die Andächtigen bestimmt waren. Bei Aufgang der Sonne begann der Gottesdienst, die Gemeinde nahm auf den Bänken Platz, die Prediger bestiegen die Tribüne, und die eintönige, immer gleiche Melodie, welche die Lieder der Methodisten begleitet, wurde angestimmt. Dieser Gesang verhallte während des ganzen Tages oft noch bis spät in die Nacht hinein nur in den kurzen Zwischenräumen, wo einer der vielen Prediger zu der Gemeinde sprach und diejenigen ihrer Mitglieder, welche sich nicht bekehrt und ihre Sünden noch nicht öffentlich vor den versammelten Gläubigen durch Schreien, Stöhnen, wildes Gebahren, Wälzen auf dem Boden, Umsichschlagen, Zerraufen des Haares und Zerreißen der Kleider von sich geworfen hatten, aufforderte, zu dem Altare zu kommen und sich ihrer Sünden zu entledigen. Nach aufgehobenem Gottesdienste herrschte dann Frohsinn und geselliges Leben in dem Lager, man aß und trank zusammen, scherzte und lachte, und wenn nicht Musik, Tanz und Trinkschenken gefehlt hätten, so würde man geglaubt haben, bei einem ländlichen Volksfeste erschienen zu sein. Und doch war es Abends nichts Anderes; denn wenn auch keine Spirituosen öffentlich feil gehalten wurden, so nahm doch ein Jeder so viel Vorrath davon mit hinaus, daß derselbe für sich selbst und für seine Freunde mehr wie ausreichte. Dieses Lager war aber überhaupt ein Vergnügungsort für Tausende der Bewohner von New-York und der Umgegend, und schon früh Morgens wurde zu Fuße, zu Pferde und zu Wagen hinausgezogen, um sich dort zu belustigen, zu erheitern. Nachmittags mehrte sich der Andrang sehr, wenn aber der Abend kam, dann füllten wogende Menschenmassen das Lager und das ganze umliegende Holz, welches durch lustig brennende Feuer erleuchtet wurde. Die Freunde und Bekannten der Familien, die für einige Wochen dort ihren Wohnsitz aufgeschlagen hatten, fanden sich bei denselben ein, um den späten Abend vergnügt mit ihnen zu verbringen, und bis gegen den grauenden Morgen blieb der Weg nach der Stadt immer von Heimkehrenden belebt. Namentlich aber war es die junge Männerwelt, welche sich nach dem Lagerplatze hingezogen fühlte, und mancher glühende Blick, manch süßes Wort, mancher verstohlene Händedruck wurde in dem verhüllenden Düster der Nacht zwischen ihr und den schönen frommen Methodistenschwestern gewechselt. Ins Besondere aber hatte für die jungen Männer das Schauspiel des Bekehrens dieser anmuthigen Töchter Evas, dieser Akt der Aufregung, der ungezügelten Schwärmerei, der freieren Gefühlsentwickelung viel Anziehendes, viel Reizendes.

Herr und Madame Springfield waren Beide Methodisten und hielten die Camp-Meetings hoch in Ehren; ihre häuslichen Verhältnisse aber erlaubten es ihnen nicht, das Lager zu beziehen und wochenlang draußen im Walde zu leben, deßhalb begnügten sie sich damit, so früh gegen Abend hinaus zu fahren, daß sie noch Theil an dem Gottesdienste nehmen konnten. Oft blieben sie dann nach Beendigung desselben noch ein Stündchen bei der einen oder anderen ihnen befreundeten Familie und betheiligten sich bei dem Genusse der vortrefflichen Mahlzeiten, die dort gehalten wurden.

Eines Morgens machte Madame Springfield Agnes einen Besuch auf deren Zimmer und lud sie und auch Mary Burton, welche mit ihrer Arbeit bei jener am Fenster saß, freundlich ein, Abends mit ihr nach dem Lager hinaus zu fahren, da sie überzeugt sei, daß der Gottesdienst sie sehr ansprechen und daß sie sich nachher gewiß recht gut unterhalten würde. Zugleich bemerkte sie, daß für Harriet gleichfalls ein Platz im Wagen sei. Agnes wußte, daß sie der guten alten Frau eine Freude durch ihre Zusage bereiten würde und sah in ihrer und ihres Mannes Gesellschaft vollkommen genügenden Schutz, um unter so vielen Menschen aus allen Ständen zu erscheinen, so daß sie kein Bedenken hatte und lächelnd zu Mary sagte:

Was meinen Sie, liebe Mary? Ich habe nichts dagegen, von der gütigen Einladung Gebrauch zu machen.

Mary Burton erklärte sich auch dafür, und so sagten sie Beide zu, befürworteten aber, daß Harriet auch mitfahren müsse.

Zweiunddreißigtes Kapitel.

Der Gesang. Begeisterung. Die Bekehrten. Die beiden Jungfrauen. Der Doctor. Der Zwischenfall. Der Vermummte. Uebereinkunft. Frohe Aussichten. Der Jaguar. Die Diebe. Der Kampf. Nächtliche Flucht.

Die Sonne stand schon ziemlich niedrig, als die große Kutsche vor das Haus fuhr, Herr und Madame Springfield einstiegen, die drei jungen Mädchen ihnen folgten und der Wagen so voll gepackt auf dem Wege nach dem Camp-Meeting davon fuhr. Der ungewöhnlich stille, heitere Abend mochte wohl die Veranlassung dazu gegeben haben, daß außerordentlich viele Besucher sich hinaus begeben hatten, denn als Springfield's Fuhrwerk in der Nähe des Lagers ankam, mußte der Kutscher anhalten, da das Menschengewühl ihn daran hinderte, weiter vorzudringen. Die eintönige Melodie des Gesanges, von tausend Stimmen getragen, wogte zu Springfields und ihren Begleiterinnen herüber, und die alte Frau bat, schnell auszusteigen und die kurze Strecke noch zu Fuße zu gehen, da die Gemeinde gerade in hoher Begeisterung (high spirits) sei. Sie schritt nun an dem Arme ihres Gatten durch das wogende Gedränge, und da man ihnen bereitwillig Platz machte, so fanden die drei jungen Mädchen dicht hinter den beiden Alten gleichfalls leichten Durchgang. Obgleich Agnes den dichten, schwarzen Schleier vor ihrem Gesichte herabgelassen hatte, so wurden doch von allen Seiten Worte und Ausrufe des Erstaunens, der Bewunderung über sie laut. Nach wenigen Minuten hatten sie die Bänke erreicht, Madame Springfield nickte, winkte und grüßte in die Reihen der andächtigen Sänger hinein, und von vielen Seiten wurden ihre Grüße in gleicher Weise beantwortet. Zugleich rückte man auf den beiden Bänken vor ihr zusammen, um ihr und ihrer Gesellschaft Platz zum Sitzen zu bereiten. Madame Springfield ließ sich nun mit ihrem Gatten nieder, und hinter ihr auf der nächsten Bank nahmen die drei jungen Mädchen Platz, und zwar Agnes zwischen ihren Gefährtinnen.

Der Gesang war in vollem Gange. Die Melodie bestand aus zwei Strophen, deren jede nur sieben Noten enthielt und die sich ohne die mindeste Unterbrechung in ewig gleichem Tacte fortwährend wiederholten. Die einzige Abwechslung dabei lag in der höheren oder geringeren Begeisterung der Sänger und Sängerinnen, so daß das Lied bald lauter und stürmischer, bald wieder gedämpfter und schleppender auf- und niederwogte.

In dem Augenblicke, als Agnes und ihre Gesellschaft Platz genommen hatten, waren zehn Priester in langen, schwarzen Talaren beschäftigt, eine junge Schwester, die so eben vor dem Altare ihre Bekehrung beendigt hatte und dort erschöpft zusammengesunken war, mit ihren weiten Gewändern zu verhüllen und sie von dem Schauplatze hinwegzutragen, und zwar nach einem großen Zelte, welches seitwärts von der Tribüne stand und in welchem zur Bequemlichkeit der Bekehrten Stroh ausgestreut war. Nach der Entfernung dieses zur frommen Herde gewonnenen Lammes ließ der Gesang in seinem Ungestüm etwas nach, wenn auch die noch auf der Tribüne stehenden Priester durch wildes Gebahren, heftiges Klatschen in ihre Hände und lautes Ausrufen und Aufjanchzen die sinkende Begeisterung neu anzufachen sich bemühten. Als aber die Priester aus dem Zelte zurückkehrten und gleichfalls die Tribüne bestiegen hatten, und nun der ganze

Priester-Chor zu klatschen und zu jauchzen begann, da strömte wieder neues Feuer in die verhallende Melodie, und wie ein Sturm wogte abermals der Gesang über den dicht mit Zuschauern gefüllten Platz. Dabei klatschten viele der Singenden in die Hände, sprangen hoch in die Höhe und erhoben ihre gefalteten Hände über sich. Zwei junge Männer zeichneten sich im Augenblicke besonders hierbei aus, und die Priester erkannten mit geübtem Auge sogleich, daß dieselben vom heiligen Geiste erfaßt und daß sie bereit waren, ihre Sünden abzuwerfen. Mehrere derselben verließen die Tribüne und schritten mit geöffneten Armen zu den beiden jungen Männern hin, führten sie ermuthigend und anfeuernd aus den Sängerreihen nach dem Altare, vor welchem dieselben nun niederknieeten und unter den Gewändern der ihnen zuredenden Priester verschwanden. Der eine der jungen Männer war ein angehender Arzt, der sich eine Praxis suchte, der andere war Candidat zu einer Stelle bei den Gerichten in New-York, welche zu vergeben stand und über welche die Wahl in der Kürze gehalten werden sollte.

Die Bemühungen der Priester, die Begeisterung der beiden sich Bekehrenden anzufachen, war von schnellem Erfolge, denn Beide begannen jetzt schreckliche Laute auszustoßen, welche zu übertönen die Singenden sich vergebens bemühten, Beide arbeiteten sich aus den Gewändern der Prediger hervor, warfen diese zur Seite und sprangen nun schreiend, jauchzend und um sich schlagend, wie wahnsinnig vor dem Altare umher. Dabei umstanden sie die Priester mit weit geöffneten, erhobenen Armen, riefen den Beistand des Himmels auf die reuigen Sünder herab und winkten nach der Gemeinde hin, um sie in ihrem Gesange anzufeuern. Bald aber stürzte erst der eine und dann auch der andere der beiden vom heiligen Geiste Ergriffenen zu Boden, und die Prediger fielen über sie hin und suchten sie in ihren Kraftanstrengungen zu bändigen. Die Aufregung in der Gemeinde steigerte sich von Augenblick zu Augenblick, man sang, schrie, heulte und schlug in die Hände, und die ganze Versammlung schien von Raserei ergriffen zu sein. Endlich hatten die Kräfte der beiden Bekehrten sich erschöpft, die Priester hoben sie empor, geleiteten sie in ihren Armen nach einem zweiten Zelte an der anderen Seite der Tribüne und überließen sie dort im Stroh der Ruhe, damit sie sich von ihren geistigen und körperlichen Anstrengungen erholen konnten.

Es kommt mir vor, als ob alle Menschen hier den Verstand verloren hätten, flüsterte Agnes ihrer Nachbarin Harriet leise zu — und diese schreckliche, ewig gleiche Melodie macht mich wirklich selbst ganz wirre.

Mir geht es eben so, Fräulein, ich bin gar keines Gedankens mehr fähig; sehen Sie nur, entgegnete Harriet, und deutete mit einem Blicke auf Madame Springfield vor ihnen, die auf ihrem Sitze hin und her rutschte, als wenn die Bank glühend sei, wobei sie jauchzend in die Hände klatschte, während ihr Gatte laut aufstöhnte und sich mit den geballten Händen auf die Brust schlug.

Es ist mir so unheimlich hier, ich wollte, wir könnten uns nach Hause zurückbegeben! flüsterte Agnes wieder.

Das geht nicht, Fräulein, wie sollten wir ohne die beiden Alten durch das Gedränge kommen und einen Wagen erreichen? Sehen Sie nur um Sich, es stehen ja Tausende von Zuschauern um den Platz her, und zwar größtentheils junge Männer. Auch wird es schon düster, die Sonne ist bereits lange untergegangen und man füllt ja allenthalben schon die auf den hohen Eisenstangen stehenden eisernen Körbe mit Kienholz, um es anzuzünden und den Platz zu erleuchten.

Ich hoffte, mit einbrechender Dunkelheit würde wohl dieser Gottesdienst aufhören, bemerkte Agnes, stockte aber plötzlich in ihrer Rede und flüsterte Harriet nach einigen Augenblicken zu:

Wie ich mich erschrocken habe! Dort rechts steht

wieder der unverschämte Stuart und wendet seine Augen nicht von mir ab.

Ich sehe ihn, entgegnete Harriet, nachdem sie seitwärts geblickt hatte — lassen Sie ihn doch stehen, so lange, wie er will, er wird es sicher niemals wieder versuchen, Sie anzureden.

In diesem Augenblicke verhallte der Gesang und einer der Prediger begann mit sehr lauter Stimme von der Tribüne herab zu der Gemeinde zu reden. Er sprach von der Nothwendigkeit solcher Bekehrung, die er den Durchbruch der Gnade nannte, sagte, daß der Mensch ohne dieselbe niemals gut und niemals selig werden könne, und forderte alle noch nicht Bekehrten auf, heranzutreten und dem heiligen Geiste sich in die Arme zu werfen. Kaum hatte er seine Predigt geschlossen, als ein anderer der harrenden Priester ihn von seinem Platze schob und das Wort ergriff. Während dieser nun in dem Sinne seines Vorgängers redete, wurde das Kienholz in den eisernen Körben angezündet, daß die Flammen hoch empor loderten und der ganze Platz in hellem Feuerlichte erleuchtet wurde; denn die Nacht brach schnell herein.

Der Prediger sagte Amen, neigte sich zum Gebete und schlug dann jauchzend seine Hände über sich zusammen. Die übrigen Priester folgten gleich seinem

Beispiele, stimmten die alte Melodie wieder an und die Gemeinde fiel stürmisch in dieselbe ein.

In der vordersten Reihe der Singenden machten sich jetzt zwei Damen durch einzelne ausgestoßene laute Schreie, so wie durch Hochauffahren von der Bank sehr bemerkbar. Sie waren Schwestern und die Töchter eines Doctors Bolus. Beide, die Eine schmachtende Blondine, die Andere feurige Brünette, hatten den Frühling ihres Lebens bereits durchwandert und sich dessen erfreut; vergebens hatten aber Beide in ihrer ersten frischen Blüthezeit deren Schmuck, deren Reize aufgeboten, um das einzige richtige, wahre Lebensziel des Weibes, den Stand der heiligen Ehe, zu erringen. Sehr nahe diesem Ziele waren Beide zu wiederholten Malen gewesen, die Tücke des Schicksals aber hatte grausamer Weise immer ihre schönsten Hoffnungen zertrümmert. Sie hatten zur Erreichung dieses hohen Zieles nichts unversucht gelassen, waren auch unverdrossen von einem Glaubensbekenntnisse zu dem anderen übergegangen, hatten mit den Shakers (Secte der Schütteler) geschüttelt und gesprungen, hatten sich von den Wiedertäufern durch das geöffnete Eis in den Fluß untertauchen lassen, und hatten doch keinen Mann bekommen. Sie waren nicht so sehr durch Eitelkeit verblendet, um nicht zu wissen, daß es hohe Zeit für sie sei, die letzten Anstrengungen zu diesem Zwecke zu machen, die letzten Segel aufzuspannen, und da sie unverzeihlicher Weise es bisher versäumt hatten, auch als fromme Methodistinnen ihr Glück zu versuchen, so wollten sie diesen Fehler eiligst wieder gut machen, und waren entschlossen, heute noch zu diesem Glaubensbekenntnisse überzugehen.

Die Priester hatten sogleich den Entschluß der reuerfüllten Schwestern freudig erkannt und beeilten sich, ihnen ihren Beistand zu bringen. Die Bekehrung derselben mußte von viel größerer Wirkung auf die noch zögernden Mitglieder der Gemeinde sein, als das willenlose, halberzwungene Erscheinen eines so eben den Kinderschuhen entstiegenen zarten Mädchens; die beiden Fräulein Bolus vertraten das Gediegene, Welt- und Lebenserfahrene der reifen Jungfrau.

Kaum hatten sich ihnen zwei Priester bis auf einige Schritte genähert, als sie auch sofort, ohne alles kindische Zögern, sich ihnen in graziösen Bewegungen in die Arme warfen und sich von ihnen, halb getragen, halb schwebenden, leichten Fußes, vor den Altar leiten ließen. Ihre kräftigen, vollkommen ausgebildeten Stimmen übertönten laut den feurig wogenden Gesang der Gemeinde, und ihre Begeisterung steigerte sich so rasch, daß sie Beide zum Erstaunen der Andächtigen, so wie der Zuschauer, schon nach wenigen Minuten sich unter den schützenden Gewändern der Priester zu Boden sinken ließen.

Mein Gott, Doctor Bolus, alter Freund, sind es nicht Ihre beiden liebenswürdigen Töchter, Clara und Pauline, die so eben im Begriffe sind, ihre Sünden abzuwerfen? sagte der junge Stuart zu einem ältlichen Herrn mit hellbraunem Biber und grauem Rocke, der sich an ihm vorüberdrängen wollte, um dem Schauplatze näher zu kommen.

Ja, ja, Herr Stuart, meine beiden geliebten Kinder, ein paar sehr religiöse Mädchen, sind es, antwortete der Doctor mit unverkennbar schwerer Zunge, indem er sich nach dem jungen Manne umwandte und, wankend zur Seite schreitend, seinem Hintermanne auf den Fuß trat.

So hat doch die Taufe der Wiedertäufer nicht den gewünschten Erfolg gehabt? Denn ich selbst habe es ja im vergangenen Winter mit angesehen, wie sich Ihre beiden schönen Töchter von dem Priester durch das Loch in dem Eise in den Fluß tauchen ließen. Ich kann Ihnen sagen, alter Freund, es war ein reizender Anblick, als sie wie die Wassernixen aus der Flut auftauchten, versetzte Stuart, lächelnd auf den wankenden Alten blickend.

Es ist mein Grundsatz, Niemandem in seinem Glauben hinderlich zu sein — der Glaube macht selig.

Ich bin nun einmal kein Mann der Kirche, wenn ich mich aber jemals zu einer bekennen sollte, so wäre es die der Methodisten — da sieht man doch, um was es sich handelt, sagte Bolus in noch mehr abgebrochenen, noch schwerfälligeren Sätzen.

Wahrhaftig, ich möchte es mit ansehen, wenn Sie Sich bekehrten, Doctor! rief Stuart lachend, und der Alte brach gleichfalls in ein schallendes Gelächter aus.

Verdammt, das möchte ich selbst mit ansehen! rief er, erfaßte dann den Rock Stuart's und neigte sich zu dessen Ohr, indem er leise sagte: Wollen Sie einmal trinken? Ich habe einen guten Tropfen in meiner Satteltasche; mein Gaul steht dort unter jenen Bäumen.

Ich danke, Doctor, jetzt nicht, später; ein Paar schöne Augen halten mich hier zurück, entgegnete Stuart, worauf der Alte durch das Gedränge davonstolperte und Alles ihm lachend aus dem Wege ging. Das Ziel seines Ganges hatte er trotz seines Wankens nicht verfehlt, und er trat in das Düster der Baum- und Gebüschgruppen ein, wo sein gesatteltes Pferd mit dem Zügel an einem schwanken Aste befestigt war. Er zog mit unsicherer Hand eine Flasche mit Whisky aus der Satteltasche, hob sie an seine Lippen und ließ den starken Trank eine geraume Zeit in sich hinabfließen. Dann verstopfte er die Flasche sorgfältig, schob sie wieder in die Satteltasche und wandte seine Schritte abermals dem Platze zu, wo seine Töchter bemüht waren, sich von ihren Sünden zu befreien. Die Begeisterung derselben, so wie die der Gemeinde hatte die höchste Höhe erreicht, das Haar der beiden Jungfrauen hatte sich gelös't und umwogte bei ihren wilden, ungestümen Bewegungen die reizende Fülle ihrer blendend weißen Nacken, welche die Priester sich vergebens bemühten, mit ihren Gewändern sorgfältig vor den Blicken der Zuschauer zu verhüllen, während der stürmisch flutende Gesang die Luft erfüllte. Da nahte sich der Doctor dem Schauplatze, indem er sich mit seinen breiten Schultern Platz zwischen der aufgeregten Menge verschaffte.

Holla, Doctor, wohin so eilig? rief ihm Stuart wieder zu; wollen Sie Sich bekehren?

Ich bin so von meinem Gefühl überwältigt, stotterte er vor sich hin, taumelte vorwärts zwischen den Zuschauern hervor dem Altare zu und stürzte wie ein erschossener Stier zwischen den Priestern und seinen sich bekehrenden Töchtern nieder.

Im Augenblicke warfen sich mehrere der Prediger über ihn hin, um ihm in seiner Begeisterung beizustehen; der starke Branntweinsgeruch aber, der seinem Munde entstieg, machte es ihnen klar, daß es nicht der heilige Geist war, der ihn erfaßt hatte. Dennoch sollte Bolus vor den Augen der Welt sich bekehrt haben, und die Priester legten nun gemeinschaftlich Hand an ihn, um ihn von dem Schauplatze hinweg nach dem Zelte zu bringen, wo er der Ruhe pflegen konnte.

Mit einem furchtbaren Fluche aber warf der Doctor, als er wieder auf den Füßen stand, die Angreifer zur Seite und rief, ihnen die geballten Fäuste entgegenhaltend, mit lallender Stimme:

Verdammt, so betrunken ist Bolus niemals, daß er nicht allein gehen oder einem zur Ader lassen könne.

Ein donnerndes Hurrah und schallendes Gelächter der Zuschauer übertönte jetzt den Gesang der Andächtigen; zugleich aber sprangen viele Männer aus dem Gedränge hervor und zogen den Doctor mit sich in dasselbe hinein.

Clara und Pauline Bolus waren durch diesen unangenehmen Zwischenfall sehr in der Ausführung ihres frommen Unternehmens gestört worden, die Aufmerksamkeit der Zuschauer hatte sich unglücklicher Weise gerade in dem interessantesten Augenblicke von ihnen abgewandt, und sie sahen in ihrer Noth kein anderes Mittel, um dieselbe wieder auf sich zu lenken, als die Ohnmacht. Und ohnmächtig waren jetzt Beide, und zwar, wenn auch noch schwach athmend, doch so regungslos, daß die Priester sie nach dem Zelte tragen mußten.

Bei Gott, Belmore, ist es möglich, sind Sie es

wirklich oder ist's Ihr Geist — wie sehen Sie aus? Hätte ich Sie ja wahrhaftig fast nicht erkannt! sagte Stuart zu diesem mit kaum hörbarer Stimme, indem er den Arm in den des Banditen schlang, dessen Gesicht glatt rasirt war und von einer rothen Lockenperrücke umwogt wurde.

Ruhig, ruhig, Freund, es ist ein heißer Platz hier, und mein Name würde die Leute scheu machen, so ungefähr, als ob ein Falke in einem Hühnerhofe erschiene! Ich konnte es aber doch nicht über mich gewinnen, diesen meinen alten Tummelplatz nicht einmal zu besuchen, wenn ich auch die Augen der schönen, frommen Schwestern nicht mehr reizen darf, entgegnete Belmore und drückte seinen schwarzen, breitrandigen Filz tief in die Augen. Dann fuhr er fort, indem er mit dem großen, bleiernen Knopfe seines schweren, eisenbeschlagenen Stockes an seinen Lippen spielte:

Wie sind Sie denn augenblicklich versorgt, schwärmen Sie noch immer für die schöne Deutsche, die ich Ihnen im vergangenen Herbste entführen half?

Verdampfter Rauch, Freund! Eine ganz andere Gluth hat mich erfaßt, es ist Sonnengluth, die mich verzehren will, in der ich verbrenne! antwortete Stuart ernsthaft.

Hoho, so schnell verbrennt ein feuergewohntes Herz nicht — so löschen Sie doch, sagte Belmore lachend.

Sie ist spröde wie das Eis des Nordpols und keusch wie der Mond; sie macht mich rasend!

Hat sie denn gar keine Leidenschaft, keine Liebhaberei, keinen Wunsch, den Sie befriedigen können? Hat denn der Glanz Ihres Goldes keine Macht über sie?

Nichts, gar nichts, Belmore; sie ist arm, steht als Fremde allein und verlassen in diesem Lande, ernährt sich von ihrer Hände Arbeit und ist stolzer als ihre Königin, die Herrscherin von England.

Eine Engländerin also? Da wäre ich doch neugierig, diesen Starrkopf zu sehen!

Sie ist eine Irländerin; dort sitzt sie hinter dem alten Springfield.

Bei Gott, sagte Belmore, indem sein Blick auf Agnes fiel und einige Augenblicke unbeweglich auf ihr haften blieb, sie ist schön! Sie haben immer noch einen guten Geschmack. Das wäre so eine Aufgabe für Belmore! Wie hoch schätzen Sie denn den Besitz dieses Täubchens?

Tausend Dollars, Belmore, wenn Sie mir das Mädchen in die Arme führen! sagte Stuart mit fieberhafter Bewegung.

Das Geschäft ist abgemacht, sie wird die Ihrige.

Geht sie viel in Gesellschaft, so daß man ihr vielleicht auf einer Nachhausefahrt seine Aufwartung machen könnte? hub der Bandit jetzt sinnend an, indem er noch einen seiner stechenden Blicke um Agnesens Engelsantlitz spielen ließ.

Niemals; sie geht nur Abends bei Sonnenuntergang spazieren, gewöhnlich auf Broadway und immer in Begleitung von einem oder zwei Mädchen.

Das ist allerdings mißlich, sagte Belmore, einige Augenblicke nachdenkend; dann aber fuhr er rasch fort: Beim Himmel, ich raube sie im hellen Sonnenschein auf Broadway! Ein Wagen steht bereit, ich springe mit ihr hinein, wir jagen in Carriere davon und führen sie in Ihre Yacht, die mit meinen Leuten bemannt werden muß. Nach Belieben segeln wir dann in die Bai hinaus oder auf dem Flusse hinauf, so lange die Gesellschaft des schönen Kindes Ihnen Freude gewährt; dann lassen wir sie über Bord fallen, und man wird vergebens in New-York nach ihr und nach mir suchen. Aufrichtig gesagt, Freund, es wird wohl meine letzte Gastrolle hier sein und ich kann gerade Reisegeld gebrauchen. Ich gehe nach der Havannah, dort gibt es spanischen Wein, spanische Weiber und spanisches Gold, und ich kann mich wieder als Gentleman zeigen; ich bin dieses Leben als Lump müde.

In diesem Augenblicke klopfte Agnes der Madame Springfield auf die Schulter und sagte:

Ich fühle mich unwohl, liebe Madame Springfield; wenn Ihr Herr Gemahl die Güte haben wollte, mich mit Mary und Harriet an einen Wagen zu begleiten, so würde ich ihm sehr dankbar sein.

Sie erschrecken mich, Fräulein Walcott; Sie sind doch nicht ernstlich krank? Kommen Sie, wir begleiten Sie Beide zu unserm Wagen und mein Mann soll mit Ihnen in die Stadt fahren; er fährt dann gleich wieder hieher zurück, um mich abzuholen. Ich selbst bleibe noch ein wenig, ich habe es einigen Freunden versprochen, bei ihnen zu Abend zu speisen, und ich sehe, die Begeisterung der Gemeinde hat sehr abgenommen; der Gottesdienst wird wohl gleich zu Ende sein.

Bei diesen Worten erhoben sie sich sämmtlich und begaben sich zu dem Wagen, der mit Herrn Springfield und den drei jungen Mädchen wenige Minuten später davonfuhr, während die alte Dame sich in ein hell erleuchtetes, großes Zelt zu ihren Freunden begab, wo es schon hoch und lustig herging.

Edward war rastlos thätig gewesen, und zwar mit großem Erfolge, denn erst zweimal hatte ihm der Mond seine volle Scheibe gezeigt, und schon hatte er weit über hundert Biberfelle sauber getrocknet und zusammengepackt in einer nicht weit von seinem Aufenthaltsorte befindlichen geräumigen Höhe gelagert. Alle diese Biber hatte er in dem See vor seiner Wohnung und in kleineren aufgedämmten Gewässern in der nahen Umgegend gefangen, und dennoch waren in denselben die Thiere noch nicht ganz ausgerottet. Er dachte aber schon daran, sein Hauptquartier weiter zu verlegen, und zwar an einen gleichfalls durch Biber geschaffenen See, der sich mehrere Meilen weiter in dem Thale hinauf befand und wo er die Zeichen von dem Vorhandensein großer Massen dieser Thiere bei verschiedenen Ritten zum Auffinden derselben getroffen hatte. Zuerst wollte er aber die Gewässer in seiner Umgebung vollständig leerfangen. Es that ihm auch leid, seine Wohnung, die er sich nach und nach bequem eingerichtet hatte und die ihm in Bezug auf Schutz gegen Wind und Wetter, so wie auf Sicherheit gegen Indianer und wilde Thiere nicht leicht durch eine andere ersetzt werden konnte, zu verlassen. Schon nach wenigen Tagen seines Aufenthaltes in der Höhle kam er auf den Gedanken, daß die tiefste Tiefe derselben nur durch eine dünne Erd- oder Gesteinschicht von der freien Luft hinter dem Hügel, in dem sie sich befand, getrennt sein konnte, denn dessen hintere, mit Gras bedeckte Seite fiel sehr steil ab und senkte sich in eine Schlucht, welche tiefer lag, als die Höhle. Diese wurde durch zwei ungeheure emporstehende Felsstücke gebildet, die mit ihren oberen Seiten an einander lagen und über welchen der Erdhügel entstanden war. Edward vermuthete daher, daß nach hinten der Durchgang durch diese beiden Felsstücke nur mit Erde geschlossen sei; er versuchte es, denselben zu öffnen, und nach einigen Tagen, die er nur theilweise zu dieser Arbeit verwandte, erreichte er auch die Grasnarbe, zwischen welcher er bald das Tageslicht durchscheinen sah. Nun hatte er aber seine Arbeit eingestellt, um den Ausgang in der Grasdecke, die über dem Hügel lag, nicht zu verrathen und ihn nur dann vollständig zu öffnen, wenn ihm der Ausweg nach vorn durch irgend eine feindliche Macht streitig gemacht werden sollte. Dann hatte er mit Baumstämmen, die er in den großen Eingang der Höhle einzwängte, denselben so weit geschlossen, daß nur Raum genug blieb, um sein Pferd und sein Maulthier hindurch zu leiten, und hatte Vorkehrungen getroffen, diese Oeffnung mit schweren Stücken Holzes verschließen zu können, ehe er sich zur Ruhe begab. Diese Vorsicht gebrauchte er weniger der Indianer wegen, welchen dieses Thal nicht bekannt zu sein schien, denn er hatte noch niemals eine Spur von ihnen entdeckt; die grauen Bären aber, fürchtete er, möchten ihm einmal während seines Schlafes einen Besuch abstatten, wenn sein Feuer zufällig erlöschen sollte.

Wie der Mensch sich jedoch an jede Gefahr gewöhnt, wenn sie ihn fortwährend umgibt, und wie er sie dann weniger beachtet, selbst sie vergißt, so legte Edward sich auch, wenn er durch angestrengte Arbeit ermüdet war, häufig nieder, ohne den Eingang zu seiner Höhle zu verschließen. Und recht sauere Arbeit hatte er oftmals, wenn das Glück ihm während der Nacht günstig gewesen war und er viele Biber gefangen hatte; denn das Säubern ihrer Häute war mühsam, weil alles Fett und alle Sehnen und Fleischtheile sorgfältig davon entfernt werden mußten, um sie vor Verderben zu bewahren. Dann nahm das Ausspannen und Trocknen der Felle vor dem Feuer auch viele Thätigkeit in Anspruch, und das Zusammenpacken und Umschnüren mit Lederstreifen erforderte große Anstrengung. Außerdem gerbte er nach Art der Indianer mit dem Gehirn des Thieres Hirschhäute und verfertigte daraus seine nöthige Kleidung, während das Anschaffen von Feuerholz, um die Biberfelle zu trocknen, auch viele Mühe verursachte. So war Edward Tag für Tag von Morgens früh bis Abends spät thätig, und nur wenn einmal der Fang karg ausgefallen war, machte er zu Pferde oder zu Fuß einen Ausflug in die Umgegend, um nach Biber-Colonieen zu suchen und zugleich einen Hirsch oder einen wilden Truthahn zu erlegen, denn des fetten Biberfleisches ward er oftmals überdrüssig. Mitunter verliefen sich auch einige Büffel in das Thal, während deren Aufenthalt sich mehr auf die großen, offenen Prairien beschränkte, und dann verschaffte ihr Fleisch Edward eine willkommene Abwechslung in seiner Speise-Karte.

Er hatte sich so sehr an dieses Leben gewöhnt, daß er dessen Entbehrungen gar nicht mehr fühlte; er sah, er kam jetzt wirklich seinem Lebensziele näher, er war auf dem rechten Wege, schnell ein Vermögen zu erwerben, welches ihn mit seiner Agnes vereinigen sollte. Und was würde er für dieses Ziel, für diese höchste irdische Seligkeit nicht gethan, nicht geduldet, nicht ertragen haben! Die Felle, welche er bereits besaß, waren schon weit über tausend Dollars werth, und er hatte kaum zwei Monate gearbeitet; so viel konnte er mit Feldmessen nicht verdienen, und außerdem war es immer ungewiß, ob er Arbeit bekam. Hier lag es in seiner Macht, sich Arbeit zu suchen und sie sicher zu finden. Er machte seine Berechnung, daß er, bis Utho zu ihm zurückkehren würde, im Ganzen drei- bis viertausend Dollars in Biberfellen sein eigen nennen konnte; er wollte die Felle dann zu Markte bringen und verkaufen, wollte nach New-York reisen, das Geld dort sicher anlegen, Agnesens Briefe in Empfang nehmen und ihr den glücklichen Erfolg seines Unternehmens mittheilen. Dann sollten neue, gute Fallen angeschafft und Vorbereitungen zu einem abermaligen Jagdausfluge hieher getroffen werden; im kommenden Winter schon wollte er seine Arbeit hier abermals beginnen und so lange fortsetzen, bis er sein Ziel erreicht haben würde. An die Zeit, die er darüber hinzubringen hatte, an die Hindernisse und Gefahren, die ihm das Schicksal dabei in den Weg legen konnte, dachte er nicht mehr; nur der Augenblick, wo er Agnes von Irland holen und sie nach America führen würde, stand vor seinem Geiste und wiegte ihn in die glücklichsten Träumereien. Die Einsamkeit war ihm lieb und angenehm, er wurde durch nichts in seinem geistigen Zusammenleben mit Agnes gestört, und jedem scheidenden Tage sagte er freudig Lebewohl, weil er seinem Glücke wieder um einen Tag näher stand.

Während der letzten drei Nächte war der Fang schlecht ausgefallen, da Edward nur einen Biber erbeutet hatte, und er beschloß, nach dem anderen, weiter im Thale hinauf gelegenen See zu reiten und sich nach passenden Oertlichkeiten umzusehen, wo er seine Wohnung aufschlagen und die in Aussicht stehenden Felle unterbringen könne. Er führte sein Pferd und sein Maulthier schon frühzeitig in das Gras und begab sich dann nach dem Orte, wo er die Felle verborgen hatte. Derselbe lag seitwärts etwa tausend Schritte von seiner

Höhle in derselben Hügelreihe, die sich weit in die Prairie hinaus erstreckte und dort, wo sich das Versteck befand, einen weiten Halbkreis beschrieb. Das Versteck selbst bestand in einer geräumigen Spalte zwischen dem Gestein, über welcher ein großes Felsstück lag und weit nach vorn herab überhing, so daß es die Oeffnung dem Auge eines Vorübergehenden verbarg. Die Spalte war aber sehr leicht mit Gestein und Erde zu vermauern, so daß auch bei genauerer Untersuchung Niemand auf den Gedanken kommen konnte, es befinde sich ein solches Versteck darin. Die Felswand hob sich gegen vierzig Fuß senkrecht empor, und in dem Halbzirkel, welchen sie bildete, war das Gras des steinigen Bodens wegen nur niedrig und dünn.

Edward hatte sorgfältig vermieden, in der Nähe des Versteckes irgendwie ein Merkmal zu erzeugen, wodurch dasselbe einem Dritten verrathen werden konnte; er hatte die gepackten Felle dorthin getragen und sie in der Spalte verborgen, ohne den Boden vor derselben viel zu betreten oder zu verletzen. Freilich hatte er es nicht vermeiden können, seine vielen Spuren hin und her zu hinterlassen, so sehr er auch darauf bedacht gewesen war, keinen Fußpfad zu erzeugen. Er wollte nun diesen Morgen dazu benutzen, die Felsspalte zu vermauern, wobei ihm das viele umherliegende lose Gestein die Arbeit leicht machte. Das Werk war in wenigen Stunden ausgeführt: er setzte noch

Graspflanzen in die Erde zwischen den Steinen der aufgeführten Mauer und pflanzte schließlich noch mehrere ausdauernde, hohe Kräuter und Schlinggewächse vor dieselbe, so daß sie in kurzer Zeit jedem spähenden Auge verborgen bleiben mußte.

Mit Zufriedenheit betrachtete er seine Arbeit von allen Seiten und begab sich dann nach seiner Höhle zurück, um schnell sein Mittagsmahl zu halten und dann seinen Ritt anzutreten. Ehe er nun sein Pferd bestieg, führte er das Maulthier in die Höhle, schloß dieselbe mit Holzstücken und befestigte sie von außen, so gut er konnte.

Es war ein drückend heißer Tag, die Luft war schwül und ohne Bewegung und die Sonnenstrahlen brannten sengend auf die Erde nieder. Hier und dort aber zeigte sich einzelnes Gewölk an dem schon seit mehreren Wochen vollkommen heiteren Himmel, und Edward blickte mit Verlangen und Hoffnung nach ihm auf, daß es Regen bringen möchte. Er hatte eine bewaldete Höhe erreicht und schaute, ehe er in die immergrünen Büsche hineinritt, sich nach seinem kaum eine halbe Meile entfernten Wohnorte um, wo er seine Höhle und auch seine vermauerte Vorrathskammer mit bloßem Auge erkennen konnte. Der Gedanke, daß er bereits so viel Vermögen erworben hatte, war ihm außerordentlich wohlthuend, und im Vorwärtsreiten stellte er große Rechnungen über den Gewinnst auf, den er in der nächsten Zeit sich verschaffen würde; denn der See, nach dem er sich auf dem Wege befand, enthielt den Zeichen nach, die er dort angetroffen, noch eine viel größere Anzahl von Bibern, als der beherbergt hatte, welchem er Lebewohl sagen wollte.

In seine Glücksträume versunken, hatte er das kleine Gehölz wieder verlassen und das jenseitige Thal erreicht, in welchem er zwischen einzeln stehenden, dichten Lorberbüschen hinritt. Plötzlich meinte er, er habe in kurzer Entfernung vor sich eine Bewegung zwischen dem dunkeln Grün derselben bemerkt, und unwillkürlich hielt er sein Pferd an, indem er zugleich eine Pistole aus seinem Gürtel hervorzog. Im nächsten Augenblicke sprang unter dem Busche vor ihm ein mächtiger, goldgefleckter Jaguar hervor und flog mit dem zweiten Satze seinem Pferde an den Hals. Dasselbe bäumte sich hoch mit ihm, Edward hielt dem grimmigen Feinde die Mündung der Pistole an den Kopf, gab Feuer, und Roß und Reiter mit dem Jaguar überschlugen sich und stürzten über einander hin in das hohe Gras. Edward lag unter dem Pferde, ergriff aber schnell dessen Zügel, da es sich aufraffte und entsetzt von dem Tiger hinwegsprang, der todt auf den Boden hingestreckt war. Es schnaubte, tobte und bäumte sich und wollte sich losreißen, Edward aber folgte ihm mit dem Zügel in der Hand, beruhigte und besänftigte es nach und nach und fesselte ihm dann die Vorderfüße, so daß es nicht davonrennen konnte. Es blutete am Halse, wo das Raubthier es mit Krallen und Zähnen ergriffen hatte; doch die Verletzungen schienen nicht gefährlich zu sein. Die schöne Haut des Jaguars, dem er mit dem Pistolenschusse den Schädel zerschmettert hatte, wollte er nicht im Stiche lassen, und beeilte sich, ihn derselben zu berauben. Es kostete ihn dann aber viel Mühe und List, bis er das Fell über das Pferd legen konnte, und erst nachdem er ihm die Augen verbunden hatte, ließ dasselbe es sich gefallen. Freudig setzte er sich auf der prächtigen Haut in dem Sattel nieder, denn er dachte daran, wie er sie sauber bereiten wollte und wie sie dereinst Agnesens Sopha schmücken sollte.

Diese Unterbrechung in seinem Ritte ließ ihn später den See erreichen, als er berechnet hatte, und es blieb ihm nicht sehr viel Zeit übrig, seinen Zweck zu verfolgen, denn vor Sonnenuntergang wollte er jedenfalls wieder zu Hause sein. Dessen ungeachtet fand er verschiedene Oertlichkeiten in der Nähe des Sees, die sich ohne große Arbeit zu einem Obdache für ihn einrichten ließen, und befriedigt in dieser Beziehung, namentlich aber neu begeistert durch die vielen Biberspuren, die er allenthalben gefunden hatte, begab er sich, als die Sonne sich neigte, auf den Heimweg. Von allen Seiten stiegen dunkle Wolken am Himmel auf, und die zunehmende Schwüle verkündete deutlich ein schweres Gewitter, weßhalb Edward die Schritte seines Pferdes beeilte; ehe er jedoch den Platz wieder erreichte, wo er den Jaguar getödtet hatte, begann es schon zu donnern.

Die Wolken hingen zum Brechen tief über dem Thale, als er in das Gehölz auf den Hügel ritt, von wo er seinen Wohnort sehen konnte, und die ersten Blitze, von heftigen Donnerschlägen gefolgt, zuckten um den dunkeln Horizont, als er auf der anderen Seite aus dem Holze hervorkam. Er schaute nach seiner Höhle und wandte von da den Blick links nach dem Platze, wo er die Häute verborgen hatte — wer beschreibt aber seinen Schrecken, als er dort mehrere Menschen sich bewegen sah! Mit bebender Hand hielt er sein Roß an, zog sein Fernglas aus der Tasche hervor, blickte durch dasselbe nach dem Verstecke und erkannte nun vier Indianer, die beschäftigt waren, seine Biberfelle aus dem Gesteine hervorzuziehen und ein Packthier damit zu beladen, in welchem er sein eigenes Maulthier erkannte. Es lief ihm eiskalt durch die Glieder; sollten alle seine Hoffnungen, seine festen Aussichten auf eine glückliche Zukunft abermals zertrümmert werden, und zwar von der Hand weniger ruchloser Diebe? Nur einige Augenblicke war Edward unentschlossen, was er thun solle, dann stach er seinem Pferde beide Sporen in die Seiten und jagte in Carriere den Hügel hinab und durch das Thal den Räubern zu. Geraume Zeit schien es, daß dieselben in ihrer eiligen Arbeit den heransprengenden Reiter nicht gewahrten, plötzlich aber, als er sich schon dem Halbkreise näherte, den die Felswand beschrieb, warfen sie die Ballen mit Häuten von sich und griffen nach ihren Bogen und Pfeilen.

Edward erkannte jetzt, daß sie gutwillig von ihrem Raube nicht abstehen würden, für den er bereit war, sein Leben einzusetzen, und er überdachte im Vorwärtsjagen, in welcher Weise er den Kampf darum beginnen solle. Zu Pferde konnte er keinen sicheren Gebrauch von seinen Feuerwaffen machen, sobald er darum in die Nähe eines großen Granitblockes kam, welcher in der Mitte vor dem Halbkreise, den die Felswand bildete, aus dem Grase hervorsah, sprang er aus dem Sattel, legte schnell seinem Pferde die Fessel an die Vorderfüße und rannte nun nach dem Felsstücke hin den Indianern entgegen, die auf seine Annäherung zu warten schienen. Von dem Felsblocke aus betrug die Entfernung von den Wilden nicht mehr wie sechszig Schritte, doch noch ehe Edward denselben erreichte, schwirrten ihm vier Pfeile entgegen, die ihn zwar nicht trafen, aber sämmtliche sehr nahe an ihm vorübersaus'ten. Abermals umschwirrten ihn die Pfeile der Indianer, als er das Gestein erreichte und hinter ihm niedersank, in demselben Augenblicke aber hatte er seine Büchse auf den einen von ihnen gerichtet und gab Feuer. Der Schuß hatte getroffen, der Wilde sprang hoch empor und stürzte dann unter gellenden Schreien zu Boden. Mit einem furchtbaren Geheule kamen jetzt aber dessen drei Cameraden, ihre blitzenden Streitäxte durch die Luft schwingend, im Sturmeslaufe auf Edward eingerannt, wie es schien, um ihm keine Zeit zu geben, seine Büchse wieder zu laden. Sie wußten aber nicht, daß er noch einen Schuß in derselben hatte; er zielte und feuerte abermals, und sah, daß dem einen Indianer der Arm zerschmettert wurde, denn die Streitaxt entfiel dessen Hand.

Um so flüchtiger sprangen die beiden Anderen aber auf Edward zu; er riß die Pistolen aus dem Gürtel, die Wilden hatten sich ihm bis auf zwanzig Schritte genaht, er schoß den einen nieder und drückte nach dem zweiten ab, die Pistole aber versagte. Im nächsten Augenblicke hatte ihn der Indianer erreicht, die Axt schwirrte durch die Luft und würde Edward den Kopf gespalten haben, wäre er dem Schlage nicht gewandt ausgewichen und unter dem Arme des Feindes hingesprungen. Zugleich hatte er aber dessen Hand ergriffen und faßte mit seiner Linken den Hals des Wilden, während dieser seinen freien Arm um Edward's Leib schlang, um ihn niederzuwerfen. Die Körperstärke sollte jetzt entscheiden; Edward hatte aber schon beim ersten Erfassen gefühlt, daß er der Stärkere war, und ein Gedanke an Agnes verdoppelte seine Kräfte. Mit einem Ruck, als wolle er den Arm seines Gegners abbrechen, bog er denselben zurück, die Axt entfiel dessen Hand, und im anderen Augenblicke hob Edward ihn mit beiden Armen empor und schleuderte ihn auf den Boden nieder. Mit Blitzesschnelle hatte er nun die Axt ergriffen und spaltete dem Wilden den Schädel. Dann sprang er auf, sah um sich und erblickte den Indianer, den er im Arme verwundet hatte, auf seinem eigenen Pferde schon in der Ferne davonjagen. Mit Schrecken und Entsetzen sah er ihm nach und erkannte in dessen Flucht sein eigenes Verderben. Es war kein Zweifel darüber, daß derselbe seinem Stamme die Kunde von dem, was geschehen war, bringen wollte, und daß dessen sämmtliche Krieger ohne Zeitverlust hieher eilen würden. Edward stand rathlos da, er wußte nicht, was er beginnen, was er durch eilige Flucht retten sollte. Das Packthier, welches noch ruhig in der Nähe der umherliegenden Biberfelle weidete, war nicht im Stande, dieselben auf einmal zu tragen, und dann würden seine

Fallen zurückbleiben. Diese waren ihm aber jedenfalls von größerem Werthe, als die Häute, denn mit jenen konnte er diese durch neuen Fang ersetzen. Er eilte zu dem Maulthiere hin, leitete dasselbe nach der Höhle, doch ehe er dieselbe erreichte, öffneten sich die Wolken und gossen unter Blitzströmen und betäubenden, ununterbrochenen Donnerschlägen einen so heftigen Regen auf die Erde nieder, daß Edward kaum seiner Richtung zu folgen im Stande war. Er führte das Maulthier in die Höhle hinein und beeilte sich, demselben sämmtliche Fallen aufzuladen. Den Pulver- und Bleivorrath hielt er sehr künstlich zwischen dem Gesteine verborgen, so daß er sicher war, kein spähendes Auge könne ihn entdecken, und da er für längere Zeit hinreichend davon bei sich führte, so beschloß er, den Vorrath unberührt zu lassen. Er wollte nun außer seinem Kochgeschirre noch so viele Biberfelle auf das Maulthier packen, als es tragen konnte, und sich damit nach dem See begeben, den er heute besucht hatte. Bei diesem Wetter aber war es unmöglich, zu wandern, denn die Nacht war hereingebrochen und der Regen fiel immer noch in Strömen herab, so daß man nicht sehen konnte, wohin man den Fuß setzte. Edward fügte sich, hier es abzuwarten, bis das Unwetter vorübergezogen sein würde; denn wenn die Indianer wirklich kommen wollten, so war es ja auch ihnen unmöglich, früher den Weg hieher zu finden. Er fachte das Feuer, welches unter der Asche glühte, wieder an, lud seine Waffen und schloß dann den Eingang der Höhle fest mit den dazu vorhandenen Holzstücken. Dann setzte er sich nahe bei dem Feuer nieder, um seine Kleidung zu trocknen, und lauschte dabei nach jedem Tone, der zwischen dem Rollen des Donners und dem Rauschen des Regens draußen hörbar wurde. Es waren schreckliche Stunden des Ueberblickens der Vergangenheit und der Gegenwart, so wie bangen Erwartens der nächsten Zukunft, die Edward bei dem knisternden Feuer in der Höhle verbrachte, und mit jeder Stunde, die verstrich, mehrte sich seine Besorgniß, daß die Wilden ihn doch möglicher Weise noch hier überraschen könnten. Für diesen Fall blieb ihm noch die Rettung in der Flucht durch den hinteren Ausgang aus der Höhle, und damit er dieselbe ohne Aufenthalt ausführen könne, wollte er die Oeffnung vollständig durchbrechen und begab sich ohne Verzug an die Arbeit. Die Grasnarbe war bald geöffnet, und nun erweiterte Edward diesen Ausgang so, daß er leicht hindurch in das Freie gelangen konnte. Der Regen schlug ihm in's Gesicht, als er den Kopf in die Finsterniß hinaus streckte, dennoch verweilte er in dieser Stellung und lauschte aufmerksam seitwärts nach der Gegend hin, wo der Biberdamm den See von dem Flusse trennte. Das Gewitter war weiter gezogen und der Donner rollte in den ferneren Gebirgen, während das Licht der Blitze nur den südlichen Himmel noch beleuchtete.

Nicht lange hatte Edward gehorcht und war im Begriffe, zu seinem Feuer zurückzukehren, als er meinte, er höre ein Geräusch, wie das ferner Hufschläge. Wieder und wieder drang der Ton zu seinem Ohr, es war kein Zweifel mehr darüber, die Wilden nahten — jetzt blieb nichts weiter zu retten, als das eigene Leben! Er sprang zum Feuer zurück, nahm seine Jagdtasche und seine Waffen, riß noch eine der Fallen von dem Sattel des Packthieres und kroch nun durch die gemachte Oeffnung aus der Höhle in das Freie hinaus. Er glitt auf dem nassen Grase in die Schlucht hinab und folgte derselben, zwischen dem losen Gestein umhertappend, bis wo sie zwischen der Höhe und dem Kampfplatze vom Abende vorher in die Prairie ausmündete. Kaum schritt er in das Gras hinein, als ein höllisches Indianergeschrei von der Höhle her ertönte und zugleich dröhnende Axtschläge an dem von innen fest verrammelten Eingange laut wurden; wie es schien, so stürmten die Wilden Edward's Wohnung. Dieser beflügelte seine Schritte, so sehr das nasse, hohe Gras sie auch hemmte; es lag ihm sonst kein Hinderniß, kein Stein, kein Baum im Wege, und wenn auch die Finsterniß ihn nicht erkennen ließ, wohin er trat, so hielt er doch das Gehölz auf der Höhe, von wo er zuerst die Indianer bemerkt hatte und dessen Außenlinie er gegen das eilig ziehende Gewölk erkennen konnte, als Ziel im Auge. Ohne zu ruhen, ohne zu rasten, eilte er vorwärts, das Geheul der Wilden verhallte, und als er die Höhe erreichte und sich nach seiner Wohnung umblickte, sah er ein helles Feuer vor derselben auflodern. Die Indianer hatten es demnach aufgegeben, ihn in der Nacht zu verfolgen, sicher aber warteten sie nur auf das Tageslicht, um seine Spur zu suchen. Jeder Augenblick war ihm darum kostbar, wollte er sein Leben retten, und mit unverminderter Eile schritt er vorwärts, um noch vor Anbruch des Morgens einen Wald zu erreichen, den er wiederholt auf seinen Ritten besucht hatte und der mehrere Meilen weit entfernt in einem Seitenthale lag.

Dreiunddreißigstes Kapitel.

Der Menschenraub. Tröstung. Die Depesche. Der englische Capitän. Scheeren und Federn.

In ungestörter Ruhe und ununterbrochener, stiller, gleichförmiger Beschäftigung eilte Agnes die Zeit dahin; jeder Morgen fand sie mit Mary Burton fleißig an der Arbeit, bei welcher Beide während des ganzen Tages beharrten, und wenn dann die Sonne sich neigte, wanderten sie zusammen Broadway hinab zu Harriet, um dieselbe abzuholen und mit ihr den gewohnten Spaziergang zu machen. Mit jeder Woche aber, mit jedem Tage, der verstrich, mehrte sich die Sehnsucht, die Ungeduld in Agnesens Brust, und ihr Verlangen nach Edward ließ ihr keine Ruhe mehr, als der Monat Juni erschien und immer noch keine Kunde von ihm eingetroffen war. Sie schrieb wieder an Herrn Spencer nach Washington und klagte ihm ihren Jammer, ihre Noth, erhielt aber, wie früher, mit freundlichen, theilnehmenden Worten die Weisung, sich zu gedulden und mit jedem Tage zu hoffen, daß Edward selbst erscheinen werde, da derselbe sicher keinen Boten sich voraneilen lassen würde.

Eines Abends war es später als gewöhnlich geworden, ehe Agnes und Mary das Haus verließen, um Harriet abzuholen, weshalb sie ihre Schritte beeilten, damit sie dieselbe nicht verfehlen möchten, denn die Sonne war schon versunken.

Um diese Zeit verließ Armand, der zwei Tage vorher von seiner Reise nach dem Westen zurückgekehrt war, mit einem seiner besten Freunde, einem Herrn Rody, eine Schießgalerie, wo mit Pistolen nach der Scheibe geschossen wurde. Die eintretende Dämmerung hatte ihrem Vergnügen ein Ende gemacht, und als sie die letzten Schüsse nach der Scheibe gethan hatten und sich auf den Heimweg begeben wollten, sagte Rody zu Armand:

Laden Sie Ihre Pistolen wieder, es ist nicht gut für die Läufe, wenn man sie schmutzig und ungeladen liegen läßt, und wir lassen sie ja doch nicht reinigen, weil wir morgen wieder hieher gehen wollen.

Beide luden nun ihre Pistolen abermals, nahmen dieselben unter den Arm und schritten Broadway zu, um sich auf diesem Wege nach dem Astor House zu begeben, wenn auch die schöne Welt denselben schon verlassen hatte.

Sie gingen in lebhafter Unterhaltung an den Häusern hin, bis Rody stehen blieb und seinen Begleiter auf ein Paar Pferde aufmerksam machte, die, vor eine Kutsche gespannt, unmittelbar an dem Trottoir hielten.

Sehen Sie, Armand, welch' prächtige, ausgezeichnete Pferde dies sind, sagte er und fragte dann den Kutscher, einen wüst aussehenden Burschen, der halb zu schlafen schien, wem die Pferde gehörten. Derselbe that jedoch, als ob er es nicht hörte, und gab keine Antwort.

Das ist einer von unseren artigen Americanern, die unsern Namen im Auslande in Verruf bringen, sagte dieser und schritt dann mit Armand langsam weiter.

Nur wenige Hundert Schritte hinter ihnen her kamen Agnes und Mary gegangen; sie hatten Harriet verfehlt und eilten, da es schon düster wurde, Broadway hinauf, um sich nach Hause zu begeben.

Sie achteten in ihrem eiligen Gehen nicht darauf, daß ein Mann ihnen ziemlich nahe folgte, und so gelangten sie neben die mit den beiden schönen Pferden bespannte Kutsche, deren Schlag jetzt geöffnet war.

Agnes ging zunächst an der Straßenseite, und kaum war sie neben dem Wagen angekommen, als der Mann hinter ihr sie so plötzlich in seine Arme faßte, sie emporhob und mit ihr in die Kutsche hinein sprang, daß sie nur einen einzigen, weit hintönenden, durch Mark und Bein dringenden Schrei ausstoßen konnte, ehe der Wagen geschlossen war und die Pferde mit demselben in fliegender Carriere die Straße hinaufstoben. In demselben Augenblicke aber ertönten von allen Seiten Hülferufe, und alle

Männer von beiden Trottoirs rannten nach dem fliehenden Fuhrwerke und hinter ihm her, und der Ruf: Haltet ihn! schallte dringend weithin auf Broadway hinauf.

Armand und Rody hörten den Lärm hinter sich und blieben stehen, als die Kutsche herangedonnert kam und die Pferde mit ihr über das Pflaster saus'ten, daß die Funken stoben, während der Ruf der nachfolgenden Männer, dieselbe aufzuhalten, aus immer mehr Kehlen ertönte. In dem Augenblicke, als das Fuhrwerk die beiden Freunde erreichte und an ihnen vorüberjagen wollte, stieß Agnes abermals einen entsetzlichen Schrei aus, so daß er das Donnern des Wagens übertönte. Da riß Armand eine seiner Pistolen unter dem Arme hervor, zielte einen Augenblick nach dem einen der beiden Pferde und gab Feuer. Mit einem ungeheuren Satze sprang das Roß vorwärts, bäumte sich dann hoch, wankte und stürzte sterbend vor dem Wagen zusammen. Von allen Seiten aus der Straße sprangen die Männer herzu, der Wagenschlag öffnete sich und die Riesengestalt Belmore's stürzte mit Pistolen und Messer in den Händen aus demselben hervor.

Platz da — wem sein Leben lieb ist! schrie er mit seiner Löwenstimme; statt ihm aber Platz zu machen, versperrte man ihm den Weg mit dem Schreckensrufe: Haltet den Mörder Belmore!

Da feuerte derselbe seine Pistolen auf seine Gegner ab, stürzte sich mit hochgehobenem, blitzendem Messer der Menge entgegen, man wich ihm aus, und wie ein sieggewohntes, vor der Uebermacht fliehendes Raubthier verschwand er in der nächsten Straße.

Sein Kutscher wollte ihm nacheilen, man suchte ihn zurückzuwehren, aber auch er drohte mit Pistolen und Dolch, als Rody einen Pistolenschuß nach ihm abfeuerte und der Mann zusammenbrach.

Hunderte von Leuten drängten sich um ihn, um einen der Friedensstörer der Stadt mit eigenen Augen zu schauen; viel zahlreicher aber noch wandte man sich zu dem Wagen, um das durch den Banditen geraubte Mädchen zu sehen. Armand war unter den Ersten, die den Schlag erreichten, und blickte überrascht und ergriffen auf die schöne Agnes, die in den Sitz des Wagens ohnmächtig hingesunken war. Er sprang davon, um eine nahende Droschke für das Fortbringen der unglücklichen Dame anzuhalten; da schrie eine weibliche Stimme durch das Gedränge: Fräulein Agnes! und Mary Burton eilte aus der Menge zu dem Wagen und in denselben hinein.

Mein Fräulein, hier ist ein Wagen zu Ihren Diensten, sagte Armand zu Mary Burton, die sich über ihre wieder athmende Freundin niedergebeugt hatte, so daß er ihr Gesicht nicht sehen konnte. Mary aber, kaum von dem Tone seiner Stimme berührt, sah rasch zu ihm auf und rief freudig erschrocken:

Herr Armand — großer Gott, ist es möglich, sind Sie es wirklich? Wo ist Ihr Freund, wo ist Herr Patch?

Die Namen Patch und Armand wirkten wie ein Zauberschlag auf die noch halb bewußtlose Agnes; sie raffte sich auf, ihr Geist schien seine ganzen Kräfte gewaltsam an sich zu ziehen, und mit weit geöffneten Augen und bebenden Lippen heftete sie ihren Blick auf Armand.

Herr Armand! rief sie dann mit zitternder Stimme; bringen Sie mir Kunde von Edward?

Von Herrn Patch, von Herrn Sam Patch, Fräulein Agnes! fiel Mary verbessernd ein und schlang beruhigend ihren Arm um das entsetzlich ergriffene Mädchen.

Armand hatte sofort in Agnes die Braut seines Freundes Patch vermuthet, deren Namen ihm derselbe oft genannt hatte, und er sah gleichfalls ein, daß er in diesem Augenblicke ihr das Schicksal desselben, so weit es ihm bekannt war, nicht mittheilen durfte; er verneigte sich darum ehrerbietig und sagte:

Nicht die neueste Nachricht, mein Fräulein; Herr Patch ist noch auf dem Biberfange zurückgeblieben. Erlauben Sie, daß ich Sie in diesen Wagen geleite?

Mit flehendem, thränenschwerem Blicke hob Agnes ihre Augen abermals zu Armand auf, indem sie ihre bebende Hand ihm hinreichte und sich, von Mary unterstützt, aus der Kutsche in die Droschke führen ließ.

Darf ich Ihnen heute Abend meine Aufwartung machen — Sie wohnen doch noch bei Springfields? fragte Armand, sich mehr zu Mary Burton wendend, indem er den Wagenschlag schloß, und rief dann, als Mary seine Frage bejahte, dem Kutscher zu, wohin er die Damen fahren sollte.

Mary bat Armand dringend, Wort zu halten und sie an diesem Abend zu besuchen, während Agnes ihn nur mit ihrem Blicke anflehte und ihm mit ihren Thränen sagte, wie die wenige Auskunft, die er ihr über den Geliebten gegeben, ihr das Herz schmerzlich zusammenpreßte.

Hunderte von Neugierigen umstanden den Wagen und suchten einen Blick auf das schöne Mädchen zu werfen, welches den ruchlosen Händen des Bösewichts wie durch ein Wunder entgangen war, und als die Droschke davonfuhr, wandte man sich zu Armand, um von ihm Näheres über ihre Persönlichkeit zu erfahren. Da trat Rody mit einem Constable zu Armand und bat ihn, dem Diener des Gerichtes seine Adresse selbst aufzugeben, weil dieses seine Aussage über den Vorfall fordern werde.

Sie haben das Mädchen durch Ihren raschen Entschluß gerettet, Armand; denn ich gestehe es offen, daß mir es nicht eingefallen wäre, nach den Pferden zu schießen, obgleich ich ja auch Pistolen unter dem Arme trug, sagte Rody zu Armand, als sie ihren Heimweg fortsetzten.

Ob Sie wohl den Kerl, den Kutscher, getödtet haben? er stürzte im Knalle nieder, versetzte Armand.

Wie mir der Constable sagte, so war er wieder aufgesprungen, ist aber trotz seiner wüthenden Gegenwehr verhaftet worden; er hat noch mehrere Leute verwundet, bis ihn endlich ein Gerichtsdiener mit seinem Stocke über den Kopf schlug, daß er die Besinnung verlor, erwiederte Rody und fuhr nach einer kurzen Pause fort:

Welche Zustände sind dies unter einem Volke, das sich das höchststehende des Erdenrundes nennt! Und doch dürfen wir dieses Volk nicht seiner bösen Qualitäten wegen verdammen, denn die Natur mußte solche Elemente dazu verwenden, um die Aufgabe zu lösen, in einer Wildniß wie durch ein Zauberwort die Wunderwerke auszuführen, die America in dieser kurzen Zeit zu dem gemacht haben, was es jetzt ist. Menschen, mit den besseren, edleren Gefühlen begabt, waren nicht dazu im Stande, ein solcher Mann würde niemals seine Frau und seine Kinder hinaus unter die Wilden führen, wo er bei jedesmaligem Zurückkehren von der Arbeit in sein Haus fürchten muß, dieselben gemordet und skalpirt zu finden;

er würde sie nicht in die Sümpfe und in die Urwälder leiten, um dieselben auszutrocknen und zu lichten, während Fieber und Krankheiten aller Art ihrer dort harren und sie nach den ersten Anstrengungen hinwegraffen, damit ihre Nachfolger nur für kurze Zeit das angefangene Werk weiter fördern. Die Natur sorgt schon in Zeiten dafür, daß die desperatesten Charaktere die schwierigsten Aufgaben zu lösen haben, wobei sie unfehlbar zu Grunde gehen, und sie erreicht ihre beiden Zwecke zugleich: das Werk auszuführen und diesen Auswurf aller Nationen der alten Welt zu vernichten. Freilich bleibt aber doch viel davon in den Städten zurück und sammelt sich, bis eine Gährung entstehen und das Schlechte in großen Massen ausgeschieden werden wird.

Als Armand mit seinem Freunde in das Astor House eintrat, war die Nachricht von dem Vorfalle ihnen schon vorangeeilt und sie wurden mit lautem Beifalle begrüßt. Namentlich machte der Wirth seinem Herzen Luft und gestand, daß dieser Belmore ihm seit mehreren Jahren schon eine schwere Last gewesen sei, indem er es weder gewagt, demselben für seine verschwenderischen Verzehrungen im Astor House eine Rechnung zuzustellen, noch aber, ihm das Haus zu verbieten.

Gleich nach dem Abendessen begab sich Armand nun nach Springfield's Wohnung. Er hatte reichlich Zeit gehabt, zu überlegen, was er von den Schicksalen seines Freundes Patch berichten und was er verschweigen könne, ohne unnöthiges Leid, ohne falsche Hoffnungen in Agnesens Herzen zu erzeugen. Er hatte am Tage nach jenem furchtbaren Eissturme, der ihn mit Edward in ein und denselben Wald trieb, mit Sturton und den Sioux nach diesem wieder zu suchen begonnen und sie hatten ihre Nachforschungen während mehrerer Tage auf beiden Seiten des Gehölzes fortgesetzt, bis sie endlich nach so vielen fruchtlosen Bemühungen zu der Ueberzeugung gekommen waren, daß alle ihre Anstrengungen erfolglos bleiben würden. Ueber das Schicksal Edward's zu irgend einer bestimmten Kunde zu gelangen, waren sie nicht im Stande gewesen, denn dasselbe hatte von unzähligen Zufälligkeiten abgehangen; die eine Besorgniß aber drängte sich ihnen fortwährend auf, daß der Eissturm ihn auf der offenen Prairie erreicht habe, und dann allerdings blieb ihnen sehr wenig Grund zu glauben, daß er sich noch unter den Lebenden befände. Noch länger nach ihm zu suchen, war voraussichtlich erfolglos, und so sehr Armand auch seine Gefährten dazu zu bewegen suchte, so wurde es doch von Sturton und den Indianern aufgegeben, und sie traten ihre Weiterreise nach der Heimat der Sioux an. Armand blieb nichts übrig, als ihnen zu folgen. Er begleitete sie nach den Wohnungen derselben am St.

Peterflusse, von wo Sturton ihn dann nach kurzem Aufenthalte allein wieder zurück nach den ersten Ansiedlungen der Weißen führte. Dort beschenkte Armand seinen halb wilden Freund noch mit vielerlei Gegenständen, die derselbe sich aus dem Waarenlager eines Kaufmanns in dem Gränzstädtchen wählte, und dann nahmen sie Abschied mit dem beiderseitigen aufrichtigen Wunsche, sich noch einmal in diesem Leben zu begegnen. Ohne Zeitverlust war Armand von da nach New-York zurückgekehrt.

Er wurde nun bei seinem Eintritte in Springfield's Haus nicht, wie es gebräuchlich, in den Parlour geführt, sondern nach Mary's Zimmer, wo dieselbe und Agnes seiner in Ungeduld harrten. Sie empfingen ihn auf das herzlichste, und letztere stattete ihm sogleich ihren Dank für die freundliche Theilnahme ab, die er ihr an diesem Abende erwiesen hatte. Sie wußte aber noch nicht, daß er es war, der das Pferd erschossen und sie dadurch aus den Händen des Banditen befreit hatte.

Mary Burton stellte Armand nun in Agnes die Braut des Herrn Patch vor, und knüpfte hieran das dringende Verlangen derselben, alles zu erfahren, was Armand von ihm wisse. Dieser stattete nun einen Bericht über ihre Reise mit den Indianern von Washington bis zu ihrer Flucht vor den Pahnee-Indianern ab, verschwieg aber, daß und in welcher schrecklichen Weise sein

Freund von ihnen abgekommen war. Er sagte nur, daß sie den Wald erreicht, und daß sie sich dort getrennt hätten, weil Herr Patch von hier aus seinen Biberfang habe beginnen wollen. Er selbst sei nun mit den Indianern bis zu deren Niederlassungen und von da nach den Gränz-Ansiedlungen der Weißen geritten, von wo er direct nach New-York zurückgekehrt wäre.

Diese Auskunft änderte nun freilich für Agnes nichts in der Lage der Dinge, denn Armand konnte ja den Ort oder die Gegend, wo er von Edward geschieden war, nicht durch den Namen eines Berges, eines Flusses bezeichnen, er konnte nur ungefähr die Richtung nach dem Compasse angeben, der sie gefolgt waren, und diese war Herrn Spencer ja schon in Washington durch den Präsidenten selbst mitgetheilt worden, dem Sturton seinen Reiseplan angegeben hatte. Dennoch war jedes Wort, welches Armand ihr über den Geliebten sagte, Balsam für ihr krankes Herz, wenn es auch zugleich das Leid, die Sehnsucht in ihrer Brust von Neuem anfachte. Immer hatte sie wieder neue Fragen an ihn zu richten, und oft wieder erstickten die Worte auf ihren Lippen und Thränen der Wehmuth fielen auf ihre gefalteten Hände in ihren Schooß. Namentlich, als Armand ihr sagte, wie sein Freund im Geiste immer bei ihr gewesen, wie er so gern und bei jeder Gelegenheit von ihr geredet und wie nur sie in seinem treuen Herzen gelebt und sein ganzes Thun und Handeln bestimmt habe, da wollte Agnes in Thränen vergehen, preßte krampfhaft ihre Hände in einander und war für lange Zeit keiner Worte mächtig. Armand suchte ihr Trost einzureden, mehr als er selbst Hoffnung hegte, seinen Freund jemals wiederzusehen; der Jammer, die Trostlosigkeit des unglücklichen Mädchens überwältigten ihn und ließen ihn mehr sagen, als er wohl selbst glaubte. Einen wirklich wahren Trost konnte er ihr aber geben, den nämlich, daß Sturton schon Ende April mit einigen achtzig Sioux einen großen Jagdzug in jene Gegenden, wo sie sich von Edward getrennt hatten, antreten wollte, und daß er Armand das heilige Versprechen gegeben hatte, jenen aufzusuchen und ihm jede Hülfe, jede Unterstützung, die in seinen Kräften stände, angedeihen zu lassen. Armand bemerkte dabei, wie es sehr leicht möglich sei, daß schon in diesem Augenblicke sein Freund, von Sturton begleitet, den Ansiedlungen der Weißen zueile, wenn ihn der von Washington abgesandte Agent nicht schon aufgefunden haben sollte. Es gelang Armand wirklich zuletzt, Agnes zu beruhigen und ihr Muth einzureden, und er mußte ihr und Mary beim Scheiden das Versprechen geben, sie bald wieder zu besuchen.

Der an Agnes versuchte Raub setzte die Stadt New-York in ungeheure Aufregung. Wenn auch ähnliche

Gräuelthaten an der Tagesordnung waren, so bedrohte doch diese bei hellem Tage ausgeführte zu sehr jede einzelne Familie, in der sich eine Frau oder Töchter befanden, als daß man zu dem übermüthigen, frechen Auftreten dieser Banditenhorde länger schweigen wollte. Alle Zeitungen schrieen um Schutz und nach Vernichtung dieser Verbrecher, und es wurden in der Polizei-Verwaltung sehr ernstliche Maßregeln getroffen, diesem Unwesen zu begegnen und ihm mit aller Gewalt ein Ende zu machen. Es wurde ein hoher Preis auf die Gefangennahme Belmore's gesetzt und Jedermann ermächtigt, ihn zu tödten, und man bot alle Schärfe des Gesetzes und allen Witz der Rechtsgelehrten auf, um dessen Kutscher zum Geständnisse zu bringen; derselbe blieb aber unerschütterlich dabei, daß es ihm unbekannt sei, wohin er den Banditen habe fahren sollen. Agnes wurde gleichfalls, jedoch in ihrer Wohnung, verhört und gefragt, ob sie irgend einen Verdacht hege, für wen Belmore den Raub an ihr habe ausführen wollen; sie konnte aber keine Angabe machen, wenn auch ein unwillkührliches Gefühl ihre Gedanken dabei auf Stuart führte.

Durch die Zeitungen wurde nun auch das Banquierhaus von Agnesens Aufenthalt in New-York in Kenntniß gesetzt, an welches Aringthur sich wiederholt mit der Bitte und mit dem dringendsten Auftrage gewandt hatte, ihn sofort auf die schnellstmögliche Weise davon zu unterrichten, sobald es in Erfahrung brächte, daß Fräulein Agnes Walcott sich in America befinde.

Kaum hatte der Banquier den Namen Agnes Walcott in einem Zeitungsartikel gelesen, als er sich nach dem schnellsten Schiffe im Hafen erkundigte. Dies war ein Kutter, welchen man ausschließlich zum Segeln gebaut und für Spazierfahrten auf der Bai und an der Küste hin bestimmt hatte. In keiner Weise aber war er für eine Fahrt durch den Ocean berechnet, da er den ungeheuren Wogen nicht genug Körper und Gewicht entgegenhalten konnte und den Sturzwellen zu sehr ausgesetzt war. Kaum aber wurde es bekannt, daß der Banquier einen hohen Preis für die schnelle Beförderung einer Depesche nach Irland geboten und auch über jenen Kutter mit dessen Eigenthümer geredet hatte, als sich ein Capitän Namens Hawk bei ihm meldete und sich erbot, in dem Alligator, wie der besagte Kutter hieß, die Reise nach Irland zu machen. Derselbe hatte während einer Reihe von Jahren als Lootse im Dienste der Regierung gestanden und hatte das Meer in seiner bösesten Laune zu jeder Jahreszeit befahren.

Der Kutter wurde augenblicklich mit allem in Ueberfluß versehen, dessen er zur Hin- und Herreise bedurfte; Capitän Hawk versorgte ihn mit den besten Matrosen und mit einem ausgezeichneten Steuermanne, und schon am folgenden Tage blähten sich die Segel über dem leichten Fahrzeuge und trieben es unter den stürmischen Hurrahs und Glückwünschen der auf dem Werfte versammelten Tausende von Zuschauern in die Bai hinaus dem Ocean zu; denn das Gerücht, daß dieses Vergnügungsboot eine Reise durch das Weltmeer machen sollte, hatte großes Aufsehen in der Stadt erregt.

Die Gasthäuser in New-York waren jetzt sehr durch Reisende belebt; das eingetretene heiße Wetter trieb die Bewohner des Südens nach den nördlichen Ländern und namentlich nach der Stadt New-York, da sie von hier aus über die größte Auswahl der reizendsten Vergnügungstouren zu verfügen hatten; der Hudsonfluß, der schönste der Welt, bot viele Hundert Meilen weit seine klaren Wogen den prächtigsten Dampfschiffen zum Auf- und Niederfahren zwischen seinen waldgekrönten, gebirgigen und felsigen Ufern; die gewaltigen Höhen der Catskillberge luden in ihren wild-romantischen Gegenden durch einsam gelegene, vortreffliche Gasthäuser zum Besuchen ein, die wundervollsten, krystallhellen Landseen versprachen an ihren kühlen, beschatteten Ufern Erfrischung und Schutz gegen die sengenden Sonnenstrahlen, und Reichthum, Glanz und Pracht der vornehmen Welt entfaltete sich in den Bädern, an deren Spitze Saratoga strahlte.

Eines Abends beim Abendessen im Astor House war die Tafel so gedrängt mit Gästen besetzt, daß, als Armand mit seinem Freunde Rody erschien, kein Platz mehr für sie offen war. Der Geschäftsführer vom Hause kam ihnen im Saale entgegen und bat sie, sich einen Augenblick zu gedulden, da sogleich mehrere Sitze leer werden würden. Während er sich noch mit ihnen unterhielt, trat ein junger Mann in feinster Toitette mit sorgfältigst gekräuseltem blondem Haare und emporgewichs'tem Schnurrbarte zu ihm und sagte, indem er sich die gelben Glacéhandschuhe glatt strich:

Können Sie mir angeben, wo jene Fräulein Agnes Walcott wohnt, auf welche kürzlich ein Raubanfall gemacht wurde?

Der Geschäftsführer gab ihm die gewünschte Auskunft und bemerkte dann:

Fräulein Walcott ist durch dieses unerhörte Ereigniß eine sehr interessante Persönlichkeit nicht allein in unserer Stadt, sondern in den ganzen vereinigten Staaten geworden, da die Zeitungen sich bemüht haben, ihre Schönheit und ihre wirklich hohen geistigen Vorzüge zu schildern; sie ist eine Dame von ungewöhnlich vortrefflichen Eigenschaften.

Sie ist Landsmännin und Freundin von mir, und ich beabsichtige, ihr morgen früh meinen Besuch abzustatten, sagte der junge Mann leichthin, indem er sich den Schnurrbart drehte, und fügte dann lächelnd noch hinzu: Ich habe ihr einmal sehr ernstlich die Cour gemacht.

Es fragt sich jedoch, ob Fräulein Walcott auch Ihr Courmachen angenommen hat; so viel ich weiß, ist sie bereits seit mehreren Jahren verlobte Braut, und daß Sie ihr während dieser Zeit nicht die Cour gemacht haben, das kann ich behaupten, fiel ihm Armand rasch in das Wort und sah ihm ernst in die Augen.

Vor dieser Zeit war es, entgegnete der Fremde, machte eine leichte Verbeugung und wandte sich schnell der Thür zu.

Wer ist denn dieser Mensch? fragte Armand so laut, daß der Davonschreitende es hören sollte, derselbe verschwand aber durch die Thür.

Er ist englischer Officier und steht als Hauptmann in Montreal, wenigstens hat er sich so in das Fremdenbuch eingeschrieben. Er kommt aus dem Bade Saratoga, wo er sich, wie es scheint, einige Wochen aufgehalten hat. Ich will doch einmal nachsehen, wie er heißt, versetzte der Geschäftsführer, und sprang aus dem Saale, kehrte aber nach einigen Augenblicken zurück und sagte: Sein Name ist Patrick Osburne, dann zeigte er auf ein paar leere Sessel an der Tafel und bat die beiden Herren, Platz zu nehmen.

Am folgenden Morgen saß Armand mit noch einigen zwanzig jungen Männern in der kühlen, luftigen Rotunde an der offenen Thür, die nach der Straße hinausführte, und hatte sich in eine Zeitung vertieft, als durch den hinteren Ausgang, der in den Corridor des Hauses zeigte, ein heftiges Gerassel hörbar wurde, welches auf der Treppe herabzukommen schien. Armand wandte sich danach um und sah nun einen Officier in englischer, scharlachrother Uniform mit goldenen Epauletten und goldbordirtem Federhute in die Rotunde hereinschreiten, während sein Schleppsäbel auf den Steinplatten des Fußbodens hinrasselte. Kaum war er in das Zimmer eingetreten, als Armand in ihm den Fremden erkannte, welcher am Abende vorher sich bei dem Geschäftsführer nach der Wohnung von Fräulein Walcott befragt und welchen dieser als den Capitän Osburne bezeichnet hatte. Derselbe warf sich gewaltig in die Schultern, gab seinem Blick durch Zusammenziehen der Brauen etwas Martialisches und trat, die linke Faust in die Seite gestemmt, vor den Schenktisch, wo er dem Kellner einen Dollar hinwarf und eine Cigarre verlangte, während er durch wiederholtes Zurückschlagen des Kopfes die herabhangenden Federn auf seinem Hute wehen ließ.

Alle in der Rotunde befindlichen Männer hefteten überrascht ihre Blicke auf ihn, in denen sämmtlich ein Ausdruck von Widerwillen, von Aufregung und von Hohn nicht zu verkennen war.

Verdammt, thun dir die Augen nicht weh? — Wie viel ist wohl die Elle von solchem Tuche werth? — Die Farbe ist nicht echt, sie verbleicht unter den Flügeln des americanischen Adlers! und viele derartige Bemerkungen riefen sich die jungen Leute zu, und hier und dort wurde ein verbissenes „God damn him“ hörbar.

Capitän Patrick Osburne schien von diesen Redensarten nicht sehr erbaut zu werden; er zündete schnell die Cigarre an und schritt fest auftretend nach der Thür, von wo er, ehe er in die Straße hinaustrat, einen zornigen Blick zurück in die Rotunde warf. Derselbe wurde mit lautem Hohngelächter beantwortet. Sämmtliche junge Männer sprangen vor die Thür hinaus, um dort ihrem Ingrimme durch Worte Luft zu machen, während sie der verhaßten englischen Uniform nachschauten.

Der americanische Officier trägt seine Uniform selten, außer im Dienste, und die wenigen Soldaten, welche überhaupt gehalten werden, liegen in den Forts und zeigen sich so einzeln in den Städten, daß man in denselben den Eindruck erhält, als sei gar kein Militär vorhanden. Aus diesem Grunde fiel es immer auf, wenn sich ein Officier in voller Uniform auf der Straße sehen ließ; wie viel mehr aber war dies der Fall mit der von leuchtend rother Farbe, gegen welche dem Americaner die Abneigung, ja, der unbezähmbare Haß schon mit der Muttermilch eingegeben wird. Engländer überhaupt sind dem Americaner keine lieben Gäste; der Engländer aber in Uniform ist ihm unerträglich, und er wird sich nie überwinden können, diesen Widerwillen bei Ansicht derselben nicht in irgend einer Weise kund zu geben.

Wie weit soll dieser Vogel wohl laufen, bis ihn unser Adler krallt? sagte Einer.

Verdammt, nicht bis an die zweite Straßenecke, wenn er den Säbel so fort schleppen läßt! Siehst du nicht, wie die Jungen sich schon um ihn sammeln? antwortete ein Anderer. Laßt uns sehen, was aus dem wird! rief ein Dritter, und Alle sprangen nach ihren Hüten und eilten Broadway hinab hinter dem Capitän Osburne her.

Er hatte jetzt seinen Säbel unter den Arm genommen, weil die Buben, die ihm folgten, auf denselben traten; seine Cigarre aber brannte noch, und dichte Dampfwolken blies er um sich, wie es schien, um seine Unbekümmertheit darzuthun.

Der Schwarm von Jungen verschiedensten Alters, der ihn jetzt schon begleitete, wuchs mit jeder Secunde; so weit einer ihn erkennen konnte, kam er nach ihm her gerannt und mischte sich unter die Schar. Sie folgten ihm auf dem Fuße und drängten sich an seine Seiten, ohne ihn jedoch zu berühren. Hunderte waren bereits um ihn versammelt, und nun begannen sich auch stämmigere Burschen in den Haufen zu mischen. Lautes Gelächter, Zischen und Pfeifen, gellende Schreie und wilde Hurrahs ertönten, und aus allen Thüren, aus allen Fenstern schauten die Leute hervor, um zu sehen, was die Ursache dieses Tumultes sei. Wie ein fremdes Thier begafft und verhöhnt, schritt Osburne in dem kleinen Kreise, den man ihm frei ließ, immer noch mit gemessenem Schritte vorwärts und suchte durch seine Haltung anzudeuten, daß ihm der Lärm nicht gelte und ihn nicht kümmere.

Du bist wohl hieher gekommen, um dir den Staub aus deinem rothen Rocke klopfen zu lassen? rief einer der Burschen an seiner Seite ihm zu und neigte sich mit dem Gesichte vor ihn, um ihm in die Augen zu sehen, und ein stürmischer, wilder Jubel folgte der Frage.

Gehörst du zu dem Geschlechte der abgekochten Krebse? rief ein Anderer, und wieder jauchzte die tobende Menge, welche schon die Straße so dicht füllte, daß aller Verkehr gehemmt war und Alles sich mit dem Strome fortbewegen mußte. Osburne war die Cigarre ausgegangen; er drehte wiederholt an seinem Schnurrbart und hatte den Säbel in seine linke Hand genommen.

Du hast wohl eine Pfauenfeder in der Scheide da? fragte wieder einer der Burschen, auf Osburne's Waffen zeigend; doch dieser sah nicht links, nicht rechts, und begann, seine Schritte möglichst mehr zu beeilen.

Heda, Freundchen, willst du nicht einmal mit mir auf das Wohl des americanischen Adlers trinken? sagte jetzt ein wüst aussehender Bursche, indem er ihm auf die Schulter klopfte und ihm eine Branntweinflasche hinhielt. Bleich und wuthbebend fuhr Osburne herum und ergriff das Gefäß seines Säbels, worauf, wie es schien, der ihn umtobende Haufe gewartet hatte, denn kaum berührte seine Rechte die Waffe, als er von allen Seiten erfaßt und hoch über die tobende Menge empor gehoben wurde. Sein Hut flog weit durch die Luft, seine Epauletten folgten ihm nach, und der Ruf: „Theert ihn!" schallte donnernd durch die Straße.

Im Sturmlaufe wurde er nach dem nächsten Kaufladen getragen, ein Faß mit Theer aus demselben hervorgebracht und Patrick Osburne in wenigen Secunden seiner sämmtlichen Kleidungsstücke beraubt, so daß er dastand, wie ihn die Natur erschaffen hatte. Man tauchte

Strohwische in das Faß, strich ihn von Kopf bis zu den Füßen mit Theer an und führte ihn dann in die Mitte der Straße zu einem aufgeschnittenen Ballen mit Federn, in welchen man ihn hineinwarf. Einige Minuten war er darin umhergerollt, als man ihn vollständig befiedert hoch empor hob und ihn der wogenden Menge zeigte. Einem Erdbeben gleich schallten die Beifallsrufe, die Hurrahs durch die breite, Kopf an Kopf mit Menschen gefüllte Straße, und als man ihn nun rittlings auf ein langes Scheit Holz setzte, welches zweien riesengroßen Männern auf der Schulter ruhte, da würde der Krach einer abgefeuerten Kanone zwischen den furchtbaren Tönen der wilden, entsetzlichen Leidenschaften, die wie ein Sturm jauchzend, heulend und brüllend so vielen Tausend Kehlen entstiegen, nicht gehört worden sein. In Paradezug setzten sich die Volksmassen nun, Patrick auf seinem hohen, höchst unbequemen Sitze in ihrer Mitte, die Straße hinauf in Bewegung, während links und rechts alle Fenster mit lachenden Zuschauern gefüllt waren. Plötzlich aber drang von einer Seitenstraße her eine Schar Constabler in die dicht gedrängte, wogende Menge, brach sich gewaltsam Bahn nach der befiederten Ursache des Tumultes und riß Patrick von den Schultern der Männer herab. Ein Wuthgeschrei erschallte in dem Augenblicke, wo der Getheerte den Blicken des Volkes entschwand; der Polizei aber glückte es, denselben in ein Haus zu bringen und die Thür hinter sich zu verschließen.

Gebt ihn heraus, er soll hängen! schrie der rasende Pöbel und drängte sich immer dichter vor dem Hause zusammen. Die Thür, so festen Widerstand sie auch leistete, wurde erbrochen, und Hunderte stürzten hinein, um sich ihres Opfers zu bemächtigen. Patrick Osburne aber war verschwunden: die Polizei hatte ihn durch den Hof über eine Mauer nach einer anderen Straße geführt und bereits in Sicherheit gebracht.

Kopf weg! schallte es jetzt aus den Fenstern des erstürmten Gebäudes, denn die Wuth der Tumultuanten richtete sich nun gegen dieses, und Möbel und Hausgeräthe aller Art flogen in die Straße hinab, die Fenster und Thüren folgten nach, und schon begann man das Dach abzudecken, als plötzlich Trommelton erschallte und Miliz im Sturmmarsch Broadway herabgeeilt kam. Die Volksmassen wurden zurückgedrängt und aufgefordert, sich zu zerstreuen; da aber die Mahnung nicht fruchtete, so gab die Miliz Feuer. Mit Wuthgebrüll und mit dem Rufe nach Rache stürzte jetzt der Pöbel durch alle Straßen davon, so daß das Militär seinen Marsch bis an das Ende von Broadway fortsetzen konnte; auf seinem Wege zurück aber sammelten sich schon wieder Tausende, und zwar jetzt mit den Waffen in der Hand. Ein wüthender Angriff auf die nur wenige Compagnieen starke Miliz warf dieselbe zurück, während eine große Zahl ihrer Leute verwundet und getödtet wurde, und die Sieger ließen ihr Triumphgeschrei schon ertönen, da rollte der Donner von zwei Geschützen durch Broadway, und ein Hagel von Kartätschen sprengte die rasende Schar aus einander. Mehrere Regimenter Miliz stellten die Ruhe nun bald wieder her, die Straßen wurden menschenleer, und nur Patrouillen durchzogen sie während des ganzen Tages.

Vierunddreißigstes Kapitel.

Die Cordilleren. Das Gewitter. Rückkehr nach der Hohle. Das Wort des Indianers. Die Reise nach der Niederlassung. Die Hochzeitsreise. Die Braut. Der Händler. Der Verführer. Der Tanz. Die Hochzeitsfackel.

Helles Mondlicht lag auf den einsamen Höhen der Cordilleren, die Luft zog über deren eisige Zacken herab kühlend über das von der Julisonne durchglühte Gestein und hauchte den Tropenhainen in den Schluchten und Thälern neue Lebenskraft zu. Wohl achttausend Fuß über dem Meeresspiegel an einem schroffen Abhange lag Edward auf grüner Matte hingestreckt und erholte sich von den Anstrengungen des Tages. Viele Wochen lang hatten ihn die Wilden verfolgt, hatten immer wieder seine Spur aufgefunden und ihm weder Tag noch Nacht Ruhe gelassen. Zu wiederholten Malen hatte nur sehr wenig daran gefehlt, daß sie ihn in ihre Gewalt bekommen hätten; ein glücklicher Zufall war ihm aber jedes Mal zur Rettung erschienen. Weiter und höher in die Gebirge hatte er sich vor ihnen geflüchtet, bis endlich seine Feinde die Verfolgung aufgegeben und er nichts weiter von ihnen gesehen hatte.

Schon seit einigen Wochen lebte er nun auf diesen entlegenen, nur noch spärlich von der Thierwelt bewohnten Höhen und fristete sein Leben mit der Jagdbeute, die er sich unter großen Anstrengungen erringen mußte. Die kahlen Granitgebirge boten den Thieren zu karge Nahrung, und nur durch ihre Feinde getrieben verliefen sie sich in jene unwirthsamen Gebiete. Die Schluchten jedoch und die Thäler zwischen den felsigen Gebirgen, namentlich wenn sie Wasser enthielten, prangten mit wildreichen, immergrünen kleinen Gehölzen, aus denen üppige Palmen und Cypressen emporstrebten. Aber nur in der Noth stieg Edward zu ihnen hinab, um ein Stück Wild zu schießen, weil er immer besorgen mußte, dort auf feindliche Indianer zu stoßen.

An diesem Tage nun hatte er auch aus Mangel an Lebensmitteln die tiefer gelegenen Regionen besucht und war erst Abends, schwer mit Hirschwildpret beladen, zu seinem Lager zurückgekehrt. Dieses befand sich unter einem überhangenden Granitblocke, der Edward Schutz gegen Regen und Sonnenschein bot, während er selbst die heiteren Nächte auf dem kleinen, frischgrünen Grasplatze zubrachte, der sich unmittelbar davor ausdehnte. Das Gras verdankte sein Dasein einem krystallhellen, sehr kalten Quellwasser, welches aus dem Gestein hervorrieselte und seinen Ursprung wahrscheinlich in der Eiskuppe hatte, die einen über dem Lagerplatze emporstrebenden, kegelförmigen Berg krönte. Neben Edward flackerte ein kleines Feuer, bei dem er sein Abendbrod bereitet hatte und dessen rother Schein die prächtigen, buntfarbigen Blumen, die von dem dicht überrankten Felsen hinter ihm herabhingen und aus dem Grase um ihn hervorsahen, glühend beleuchtete. Die Welt um ihn, über ihm und zu seinen Füßen aber ruhte im Atlaßschimmer des Mondes, dessen noch nicht volle Scheibe in dem klaren Spiegel eines Sees unten im Thale glänzte. Edward's Blick schweifte weithin über das duftige Nebelmeer, welches die unteren Regionen verhüllte und aus dem hier und dort eine Bergkuppe, ein Felsstück, eine Palme oder Cypresse hervorsah. Nach Westen, dem stillen Ocean zu, wandte sich Edward's Auge nicht, es hing sehnsüchtig an der östlichen Ferne, seinen Gedanken folgend, die weit über die ungemessenen Landstrecken und über das Weltmeer zu Agnes geeilt waren. Sollte er das so heiß, so innig geliebte Mädchen wohl jemals wiedersehen? Das Herz war ihm so schwer, sein Geist war so tief gebeugt; wie grausam, wie unerbittlich hatte das Schicksal ihn verfolgt und ihn trotz alles Sträubens, alles Kämpfens immer weiter von seinem Ziele, von seinem Lebensglücke entfernt! Und welche Leiden barg die Zukunft wohl noch vor seinem Blicke? Festgebannt in diese Wildniß, stand seine letzte Hoffnung jetzt auf Utho, den Häuptling, der mit dem schon nahen Vollmonde bei Edward's verlassener Wohnung eintreffen wollte; wird er auch sein Versprechen halten, wird er kommen? Ohne seine Hülfe, seinen Schutz war es Edward unmöglich, die Wildniß zu verlassen, zu Fuß, ohne Weg, ohne Steg die unermeßlichen, wüsten Landstriche, die zwischen ihm und den ersten Ansiedlungen der Weißen lagen, zu durchwandern, wo er vielleicht wochenlang ohne Wasser zu finden zubringen würde, wo er in den unabsehbaren, offenen Grasflächen unfehlbar den Horden der Wilden in die Hände fallen mußte, wo er den wilden Thieren und den wilden Elementen ohne Obdach Preis gegeben war. Und hier in den Gebirgen konnte er auch nicht länger sein Leben fristen, als sein Pulver und Bleivorrath ausreichte, dann mußte er einem qualvollen, elenden Tode erliegen. So sparsam er nun auch mit Pulver und Blei umgegangen war, so hatte er doch nur noch zwei Kugeln in seiner Büchse und die letzten beiden in seiner Jagdtasche, und er mußte, wenn auch nicht um Utho zu erwarten, sich bald nach seiner ersten Wohnung begeben, um seine dort versteckte Munition anzubrechen. Kam der Häuptling nicht, dann blieb Edward nichts weiter übrig, als den Weg nach Osten anzutreten und seinem augenscheinlichen Ende entgegen zu gehen. Erreichte er dessen ungeachtet die Niederlassungen der Weißen, so wollte er nach New-York zurückkehren, um dort abermals zu versuchen, sich durch unermüdliche Thätigkeit eine Existenz zu erringen. Wie oft, wie schwer hatte er es schon bereut, daß er jenen Ort verließ, wo ihm wenigstens das Glück blieb, von Agnes zu hören und sein Herz gegen sie auszusprechen; Vorwürfe aber konnte er sich nicht über diesen Schritt machen, denn er hatte ihn im besten Glauben, in der besten Absicht gethan.

Das Feuer erlosch, Edward sank auf seine Jagdtasche zurück, und die nicht einen Augenblick verhallenden nächtlichen Melodieen der Thierwelt in den Thälern wiegten ihn bald in ruhigen Schlaf ein.

Der dumpfe, erschütternde Ton rollenden Donners weckte Edward aus seinen Träumen, er schlug die Augen auf und sah den klaren, heiteren Himmel über sich. Es war Tag, er sprang auf und stand wie auf einer Insel über einem wogenden grauen Wolkenmeere, aus dem nur die höheren Gebirgszüge hervorragten. Ein schweres Gewitter hing zu seinen Füßen über den unteren Ländern, und Blitz auf Blitz zuckte aus dem rollenden, kämpfenden Gewölke hervor, während der Donner ununterbrochen erschütternd die Berge umzog. Im Osten färbte sich das Gewölk jetzt mit einem lichten Scheine, es erglühte von Augenblick zu Augenblick feuriger, und über ihm stieg die Sonne in voller Majestät empor und goß ihr Strahlenlicht vergoldend auf die über den Wolken emporstehenden rothen Granitgebirge, um welche die Königsadler ihre Kreise zogen.

Mit Staunen, Bewunderung und Demuth gegen den Schöpfer dieser Wunder stand Edward, ließ seinen Blick von Berg zu Berg wandern, und athmete mit hochgewölbter Brust die frische, erquickende, reine Morgenluft; er fühlte sich so stark, so thatkräftig! Was halfen ihm aber seine Kräfte, sein guter Wille — er konnte sie ja nicht verwenden! Allein, allein in dieser weiten, endlosen Welt stand er da, und schaute, wie in seine Zukunft, nach den tiefen Regionen hinab, die von rollenden Gewitterwolken vor seinen Blicken verhüllt waren.

Das Gewitter zog vorüber, die Wolken vertheilten sich und die frisch grünen Thäler glänzten wieder freundlich zu Edward auf; neue Hoffnung und neuer Muth zog in seine Seele ein. Nur noch wenige Tage, und der Mond wurde voll, dann mußte Utho kommen, und Edward beschloß, noch heute seine Wanderung nach der Höhle anzutreten. Während der Hitze des Tages ruhte er in seinem schattigen Lager unter dem Felsen, und als die Sonne sich neigte, sagte er ihm Lebewohl und stieg von den steinigen Höhen hinab in ein grünes, anmuthiges, enges Thal, wo er unter rauschenden Palmen sein Nachtlager bereitete. Am dritten Abende bei Sonnenuntergang trat er aus dem Gehölze hervor, von wo er damals die Wilden erblickt hatte, die ihm seine mühsam erworbenen Schätze raubten. Alles war still, öde und verlassen, nur eine Herde Büffel und mehrere Rudel Hirsche weideten friedlich vor seiner verlassenen Wohnung. Ohne weiteres Zögern schritt er nun eilig in das Thal hinab und erreichte mit anbrechender Dämmerung die Höhle. Vor derselben lagen noch die Zeichen des Feuers, welches die Wilden dort angezündet hatten, die Holzstücke, womit der Eingang verschlossen gewesen, waren verbrannt, und Edward konnte kein Merkmal von einem späteren Besuche dieses Ortes durch die Indianer erkennen. Mit Bangen und Zagen eilte er nun in die Höhle nach dem Verstecke, wo er seine Munition verborgen hatte, sein Blick fiel auf loses Gestein vor der Felsspalte, dieselbe war geöffnet und sein Pulver- und Bleivorrath war verschwunden. Wie erstarrt stand Edward da und schaute auf den leeren Raum; die letzte Möglichkeit, ohne Utho's Hülfe die Wohnungen der Weißen zu erreichen, war nun verschwunden. Mit aller Willenskraft klammerte er sich aber an die Hoffnung, daß der wilde Freund kommen werde, derselbe hatte sich ihm ja so innig dankbar gezeigt, er konnte ihn unmöglich im Stiche lassen. Mit schwerem Herzen zündete Edward mittelst seiner Zunderbüchse ein Feuer an, röstete einen Theil des Hirschfleisches, welches er mitgebracht hatte, und legte sich dann neben die Gluth auf das nackte Gestein der Höhle, um im Schlafe seine Sorgen, sein Leid zu vergessen.

Am folgenden Morgen frühzeitig schlich er sich nahe an einen Hirsch, um sicher zu sein, denselben mit einer Kugel zu tödten. Der Hirsch brach im Feuer zusammen, Edward schleifte ihn nach der Höhle hin und war nun während des ganzen Tages beschäftigt, das Wildpret auf das sorgfältigste zu zerschneiden, zu trocknen und zum Aufbewahren zuzubereiten. An diesem Abende wurde der Mond voll, und wenn Edward auch nicht darauf rechnete, daß der Häuptling so genau zur bestimmten Zeit eintreffen würde, so war es ihm doch, als müsse er schon beginnen, die Stunden bis zu dessen Erscheinen zu zählen. Die Sonne versank und die Nacht legte sich schwarz über das Thal. Edward konnte den Aufgang des Mondes kaum erwarten, er erklomm die Anhöhe hinter der Höhle, von wo er einen Blick nach dem fernen Horizonte frei hatte, und ließ sich dort mit sehnsüchtigem Verlangen nach dem Erscheinen des glückverheißenden Gestirnes nieder. In voller Pracht zog der Mond über den dunklen Bergen auf, und Edward begrüßte ihn, wie einen Retter in der Noth. Lange saß er da und folgte mit seinem Blicke dem emporsteigenden Lichte, während sein Ohr jeden nahen und fernen Ton zu erhaschen suchte. Alles blieb ruhig und lautlos, selbst das Rauschen des Laubes in den Wipfeln der Bäume war verstummt, und nur die Stimmen jagender Raubthiere tönten nahe und fern durch Berg und Thal.

Der Mond stand schon hoch, als Edward in die Höhle zurückging, dort das Feuer anfachte und sich daneben auf den harten Grund niederlegte. Mit der Stirn auf die Hand gestützt, sah er, in seine trüben Gedanken versunken, in die Gluth hinein und ließ sein Schicksal abermals vor seinem Geiste vorüberziehen; die wenigen seligen Augenblicke, die er in Agnesens Nähe verlebt hatte, wie theuer mußte er sie jetzt bezahlen, und wie gern hätte er noch für einen solchen Augenblick den Rest seines Lebens hingegeben! Sein Blick war fest in das nur noch von Zeit zu Zeit auflodernde Feuer gerichtet, welches die Höhle mit einem glühenden Roth beleuchtete: da traf eine Bewegung an deren Eingange den Spiegel seines Auges; er fuhr auf und blickte zur Seite — Utho, der Häuptling, stand vor ihm. Mit einem Freudenschrei sprang Edward auf und erfaßte mit beiden Händen die ihm entgegengehaltene Rechte des Wilden, der ihn freundlich anschaute und sagte:

Der Mond ist voll, und Utho hat sein Wort gehalten. Dann blickte derselbe sich um und fuhr fort:

Dein Pferd und dein Maulthier sehe ich nicht, und du liegst auf dem nackten Gestein, bist du nicht glücklich gewesen?

Edward theilte ihm nun mit, wie es ihm ergangen, und sagte ihm, daß er erst am verflossenen Abende wieder hieher zurückgekehrt sei.

Der Häuptling vernahm mit trauriger Miene den Bericht Edward's und hub dann nach einer Weile des Nachdenkens an:

Der große Geist ist dir nicht freundlich gewesen, Utho aber wird immer dein Freund bleiben. Du sollst mich jetzt auch zu meiner Braut begleiten. Dann gebe ich dir neue Fallen, Pferde und Maulthiere und meinen besten Jäger; er soll dich hieher zurückbegleiten und bei dir bleiben, bis du dir so viele Biberfelle gesammelt hast, als du dir wünschest. Jetzt komm mit mir nach meinem

Lager jenseit des Hügels; ich bin erst so eben eingetroffen nach einem langen, heißen Marsche.

Edward ergriff neu belebt seine Waffen und seine Jagdtasche und folgte dem Häuptlinge nach dessen Lager, wo die Frauen noch beschäftigt waren, die Zelte aufzustellen. Am folgenden Tage rasteten die Indianer, damit ihre Pferde sich in der guten Weide von ihren Anstrengungen erholen sollten; am Morgen darauf aber brachen sie das Lager wieder ab und setzten, von Edward begleitet, ihre Reise nach Norden fort. Während eines ganzen Monats folgten sie dieser Richtung von früh am Morgen bis die Sonne im Zenithe stand, dann ruhten sie einige Stunden und ritten darauf wieder bis in die Nacht hinein. Endlich, Anfangs August, erreichten sie ihre Niederlassungen an dem Desmoines-Flusse und wurden von Freunden und Verwandten, von Weib und Kind mit Jubel empfangen. In aller Eile ließ Utho die Geschenke für seine Braut und die für deren Vater zum Verpacken auf Maulthiere in Bereitschaft bringen, und schon nach wenigen Tagen der Ruhe trat er, von einigen zwanzig Kriegern und von eben so vielen Indianerinnen gefolgt, seinen Hochzeitszug an. Wieder verbrachten sie einige Wochen in langen, anhaltenden Tagesmärschen und erreichten dann bei untergehender Sonne das südliche Ufer des Michigan-Sees, wo sie in einem Walde ihr

Lager aufschlugen. Sie blieben hier während des folgenden Tages, und als der Abend sich nahte, sagte Utho zu Edward:

Wir werden an dieser Küste hin einige Ritte bei Nacht machen, weil hier die Weißen schon einzelne Niederlassungen angelegt haben, und weil sie es nicht gern sehen, wenn wir Indianer durch ihr Land ziehen. Meine Braut wohnt aber auf der nördlichen Hälfte der Halbinsel zwischen diesem See und dem Huron-See, und ich müßte noch viele Wochen reiten, wollte ich deren nördliche Spitze erreichen, wo sie nur durch wenig Wasser von dem Festlande getrennt ist.

Noch am selbigen Abende brachen sie wieder auf und ritten in eiligem Marsche an der Küste hin, während zu verschiedenen Malen das Bellen der Hunde die Nähe einer Frontier-Ansiedlung verkündete. Beim Grauen des Morgens suchten sie dann abermals das Dunkel eines Waldes auf, wo sie den Tag verbrachten, um in der folgenden Nacht ihre Reise fortzusetzen. Diese nächtlichen Ritte brachten sie aber bald wieder aus dem Bereiche der weißen Ansiedler in die Wildniß, und endlich, in den ersten Tagen des September, bezeichnete Utho mit Freudenrufen seinem Freunde Edward in blauer Ferne den Wohnort seiner Geliebten. Aus einem hohen Waldstriche stiegen viele Rauchsäulen gegen den Himmel auf, und bald konnte man auch

Hunderte von weidenden Pferden und Maulthieren vor demselben erkennen. Utho schickte jetzt einen seiner Krieger auf flüchtigem Pferde als Abgesandten zu dem Vater seiner Braut, dem Häuptlinge dieses Stammes der Chippewa-Indianer, und ließ ihn von seiner Ankunft benachrichtigen. Dann lagerte er sich an dem grünen Ufer eines Flusses, und die Frauen mußten schnell ein Mahl bereiten, um Oswako, den Häuptling, zu bewirthen, wenn er kommen würde, um den zukünftigen Schwiegersohn zu empfangen und ihn in seine Niederlassung zu führen. Dann schmückte er sich festlich, legte Perlenschnüre und eine silberne Medaille mit dem Bildnisse des Präsidenten der Vereinigten Staaten um seinen Nacken, Metallringe um seine muskulösen Arme, glättete sein schönes, langes, schwarzes Haar, steckte mächtige Schwingenfedern von Königsadlern in dasselbe und ließ seinem Pferde eine prächtige, goldgefleckte Jaguarhaut auflegen. Nach Verlauf von einer Stunde nahte sich nun ein Zug Reiter von dem Walde her, und bald darauf erreichte Oswako mit einem Gefolge von Kriegern das Lager Utho's. Die beiden Häuptlinge begrüßten sich nun auf das liebevollste, schlossen sich gegenseitig wiederholt in die Arme und ließen sich dann bei Utho's Lagerfeuer nieder, um das Friedensmahl zusammen einzunehmen. Utho stellte Edward nun dem alten Häuptlinge als seinen Freund und Lebensretter vor, worauf der Alte diesen zu sich in seine Niederlassung einlud und ihm seine Freundschaft zusagte. Nach beendigtem Mahle bestiegen Alle wieder ihre Reitthiere, und der Zug, von den beiden Häuptlingen und Edward geführt, setzte sich nach den Wohnungen der Chippewas in Bewegung. Dieselben bestanden in Zelten, Hütten und nothdürftigen Blockhäusern, welche in dem Schatten des Waldes zerstreut lagen, während an dessen anderer Seite sich eine große Anzahl von kleinen, abgeärnteten Maisfeldern befand, die jetzt mit Bohnen, Kürbissen und Melonen überdeckt waren. Bei Annäherung des Zuges hatte sich die Einwohnerschaft des Indianerdorfes vor demselben versammelt und Alt und Jung empfing ihn unter lautem Jubel und Freudenbezeugungen.

Oswako führte nun seine Gäste nach seiner Wohnung, die aus einem ungeheuer großen, prächtigen, aus Büffelleder verfertigten Zelte bestand, welches man rundum an den Zeltstangen, über denen es ausgespannt war, in die Höhe gebunden hatte, damit die frische Luft hindurchziehen konnte. In seiner Mitte saß die Tochter des Häuptlings, die schöne Zateka, reich geschmückt, auf weichen Häuten in einem Kreise von um sie gestreuten wundervollen Blumen, und neben ihr saßen mehrere ihrer Freundinnen, die immer noch bemüht waren, ihr prächtiges Rabenhaar, welches ihr, wenn sie stand, bis unter die Kniee reichte, zu glätten, die Fransen ihres bunt gestickten Röckchens, welches um ihre Hüfte hing, zurecht zu legen und die langen weißen Perlen, die an feiner Schnur über ihren zarten, vollen Busen herabfielen, zu ordnen. Eine Göttin der Wildniß, saß sie da, graziös, anmuthig und liebreizend in jeder Bewegung ihres schönen Kopfes, ihrer wunderbar zierlichen Hände und Füße, in jedem Blicke, in jedem Oeffnen ihrer brennend rothen, frischen Lippen. Sie war schlank und hoch und von üppiger, reizender Fülle, durch ihre goldige, zarte Haut schimmerte die Gluth, die ihre Adern durchströmte, und in ihren großen, tief dunkeln Feueraugen lag der Funke zu höchster Seligkeit oder tiefster Verzweiflung. Das wundervolle Halbrund ihres zauberisch lieblichen Antlitzes war von der ungewöhnlichen Fülle ihres glänzenden Haares eingefaßt, welches ihr zu beiden Seiten von den Schläfen über Schulter und Busen in den Schooß fiel. Wie Granatblüthen öffneten sich ihre vollen Lippen um die Perlenreihen ihrer Zähne, und unter den hochgewölbten, fein geschnittenen Bogen ihrer Brauen blitzten ihre Augen wie schwarze Diamanten hervor. Mit sehnsüchtigem Blicke spähete sie der nahenden Menge entgegen, um Utho, den Geliebten ihres Herzens, zu erkennen, denn die Sitte gestattete es ihr nicht, ihren Sitz zu verlassen und ihm entgegen zu fliegen. Bei ihrem früheren Zusammensein war ihre Liebe nicht an Formen gebunden gewesen; jetzt aber kam Utho, um Zateka von ihrem Vater zur Frau zu begehren, und nun mußten sie sich den alten Gebräuchen ihres Volkes fügen. Wie selig und wie beseligend erglänzten aber die Blicke der beiden Liebenden, als Utho vor dem Zelte stand und Zateka seine Grüße darbrachte, während sie ihm den Willkommen ihres jubelnden Herzens zuwinkte. Der Gebrauch gestattete aber nicht, daß sie den Blumenkreis, der um Zateka lag, überschritten; vorher mußte Utho sie förmlich von ihrem Vater zur Frau begehren und ihm die Geschenke überreichen, die er ihm für die Tochter mitgebracht hatte. Zu diesem Zwecke begaben sich nun die beiden Häuptlinge seitwärts nach einem Grasplatze, wo Utho's Maulthiere von ihrer Bürde befreit und wo die Weiber noch beschäftigt waren, die mitgebrachten Geschenke zur Schau auszulegen. Utho hatte dieselben in einem Regierungs-Handlungshause an der Indianer-Gränze gegen seine Jagdbeute eingetauscht, und sie bestanden aus Baumwollen- und Wollenzeugen, Schmucksachen, Werkzeugen, Waffen, Pulver und Blei, gepreßtem Tabak, Spiegeln, Schminke und vielerlei anderen Gegenständen für den Gebrauch der Indianer. Der Werth derselben überstieg die Erwartung Oswako's; er nahm sie in Empfang, empfing Utho dann als Schwiegersohn in seinen Armen und führte ihn nun zu seinem Zelte zurück. Dort ergriff er die Hand des Bräutigams und leitete ihn in den Blumenkreis zu der schönen Braut, die ihm jetzt unter dem lauten, stürmischen Jubel des ganzen Stammes wonnetrunken an die Brust sank. Nun nahmen die beiden Glücklichen zusammen Platz auf den kostbaren Häuten in der Mitte des Blumenkreises, und um denselben ließen sich die Männer der Chippewas und der Jowas nieder, um, von den Frauen bedient, das Hochzeitsmahl einzunehmen. Edward mußte sich neben dem alten Häuptlinge niederlassen, der ihn mit Aufmerksamkeiten und Freundschaftsbezeugungen überhäufte.

Während dieser Zeit waren die Freundinnen Zateka's beschäftigt, in einiger Entfernung von der Niederlassung in dem Schatten uralter, dicht belaubter Eichen ein schönes Zelt aufzuschlagen und dasselbe mit Blumen, bunt glänzenden Federn und farbigen Bändern festlich zu schmücken. Es war dies das Brautzelt, welches die Braut allein während der Dauer der Festlichkeiten bewohnen mußte, ehe sie als wirkliche Frau die Wohnung ihres Vermählten beziehen durfte. Vor diesem Zelte mußte nun von den Freundinnen der Braut während der ganzen Nacht eine Fackel in Brand gehalten werden, und erst nachdem die Braut selbst dieselbe ausgelöscht hatte, durfte der Bräutigam zu ihr kommen und sie als seine Frau nach seiner Wohnung führen. Drei Tage wurde nach altem Herkommen gewöhnlich diese Form gewahrt; es stand jedoch der Braut das Recht zu, diese Frist nach Belieben zu verlängern und die Zeit der wirklichen Verheirathung hinauszuschieben.

Nach eingenommenem Mahle führte Utho seine Braut nach einem nicht fernen, großen Grasplatze, wo nun Spiel und Tanz begannen. Alle jungen Männer und alle Mädchen waren festlich angethan; Perlen, Metallringe und schillernd bunte Federn blitzten auf ihrer dunkeln Haut und in ihrem glänzend schwarzen, schlichten Haar, und kleine Metallschellen, Perlen und Steinchen ertönten bei jeder Bewegung an den langen Fransen ihrer buntgestickten Lederröckchen. Es wurden Tänze aufgeführt, mit Pfeilen nach Zielen geschossen, Wettläufe gehalten und Spiele vieler Art vorgenommen, bis die Nacht einbrach und Alles sich wieder nach des Häuptlings Zelt begab, um abermals ein Mahl einzunehmen. Mit Leidwesen erhob sich Zateka von der Seite des Geliebten, als ihr Vater daran mahnte, daß es Zeit sei, sich zur Ruhe zu begeben, und folgte ihren Freundinnen, die sie nach dem Brautzelte geleiteten, um sie dort auf weichem Lager zu betten und dann abwechselnd Wache vor demselben bei der brennenden Fackel zu halten.

Um so seliger flog aber Zateka am folgenden frühen

Morgen aus dem Zelte hervor dem Geliebten in die Arme, der schon lange vor anbrechendem Tage ihrer vor demselben geharrt hatte. Dieser zweite und auch der dritte Tag verging in Freude und Lust, und man saß noch bei dem Mittagsmahle in Oswako's Zelt, als Zateka die leise Bitte Utho's, in dieser kommenden Nacht die Fackel vor ihrem Zelte auszulöschen, mit einem bebenden Händedruck und glühendem Blicke beantwortete.

Da schlugen außerhalb des Dorfes die Hunde an, und mehrere Buben kamen zu dem Häuptling gelaufen, um ihm zu melden, daß sich Fremde mit Packthieren der Niederlassung naheten.

Einige Krieger erhoben sich, um den Kommenden entgegen zu gehen, und kurze Zeit darauf ritten drei Reiter, von zwei schwer beladenen und mehreren losen Maulthieren gefolgt, auf den Platz vor des Häuptlings Zelt.

Der eine der Reiter, so wie seine Gefährten ganz in Leder gekleidet, war ein auffallend schöner, großer Mann; er gab im Absteigen seine Büchse an seinen Begleiter und schritt nun auf Oswako zu, der sich ihm nahete und ihm fragend entgegensah.

Bist du der Häuptling und redest du Englisch? fragte der Fremde und fuhr, nachdem der Alte seine Frage bejaht hatte, fort: Mein Name ist Toroney; ich bin Händler und will dir und deinen Leuten so schöne

Waaren zum Tausche anbieten, wie du noch nie früher gesehen hast.

Sei mir willkommen bei meinem Feuer, in meinem Zelte! Die Chippewas sind Freunde der Bleichgesichter, und du kommst zu froher Stunde, denn wir feiern die Hochzeit meines einzigen Kindes, meiner Tochter Zateka, antwortete der Alte freudig und reichte dem Fremden die Hand, der nach geschehener Begrüßung seinen Gefährten auftrug, die Maulthiere auf dem Platze zu entladen und die Ballen mit Waaren zu öffnen. Dann gab er denselben auch seinen Gürtel mit den Pistolen und wandte sich wieder dem Zelte zu.

Jetzt sah er Zateka — und sie sah ihn. Ihre Blicke begegneten sich wie zwei zündende Blitze, der Fremde trat wie getroffen einen Schritt zurück und heftete seinen Gluthblick auf die Zaubergestalt der wilden Schönen, und Zateka schlug die Augen nieder.

Tritt näher, Freund, und laß dich von meinen Frauen bedienen, sagte Oswako zu dem Fremden, den er einen Augenblick zögern sah, und zeigte auf die Büffelhaut, auf der er selbst gesessen hatte.

Redet deine schöne Tochter Englisch? fragte de Fremde.

Sie wird dich verstehen und dir antworten, entgegnete der Häuptling.

So will ich ihr meinen Glückwunsch bringen, fuhr jener fort und schritt nun in den Kreis, wo Zateka neben Utho saß und noch immer vor sich niederschaute.

Will die reizende Zateka dem Fremdlinge erlauben, ihr seine heißesten Glückwünsche darzubringen und ihrer Schönheit, ihrer Liebenswürdigkeit zu huldigen? redete sie der Fremde an, indem er sich verneigte, seine funkelnden Augen aber auf sie gerichtet hielt.

Ich danke dir, Fremder, und heiße dich bei uns willkommen, antwortete die Braut hoch erröthend.

So gestatte mir auch, daß ich dir meine Verehrung durch ein Festgeschenk darthue, fuhr der Händler fort, verließ schnell den Kreis und eilte zu seinen Gefährten.

Aber nicht allein Zateka war von der Erscheinung des schönen Fremden überrascht und ergriffen, auch Edward saß wie versteinert da und schaute dem Manne nach; er hatte Belmore, den Banditen, den Mörder seines Freundes Freeman in ihm erkannt. Eiskalte Schauer liefen ihm durch die Glieder; war es wirklich so, war es jener Bösewicht, oder war es nur eine täuschende Aehnlichkeit mit demselben, die er vor sich sah? In dieser Tracht sah er freilich ganz anders aus, als im feinen schwarzen Anzuge mit Manschetten und weißen Handschuhen, aber sein Blick war derselbe, und einem solchen Blicke war Edward außer von seinen Augen nie begegnet.

Nach wenigen Minuten kehrte Belmore, denn dieser war der Fremde wirklich, in das Zelt zu Zateka zurück, befestigte eine mit blitzenden falschen Steinen prangende, vergoldete Spange um ihren zarten Arm, legte eine glänzende Perlenschnur um ihren schönen Nacken und ließ einen langen, buntseidenen Florshawl in ihren Schooß fallen.

Um dich deiner würdig zu schmücken, du schöne Braut, müßte ich der Sonne ihr Gold, dem Monde sein Silber und den Sternen ihre Juwelen rauben, und läge dies in eines Menschen Macht, ich würde es wagen, und müßte ich mit der ganzen Natur in den Kampf treten! sagte Belmore, indem er die Hand des schönen Mädchens erfaßte und fest und krampfhaft an seine Lippen preßte. Dann trat er mit einer ehrerbietigen Verbeugung zur Seite und sagte zu Utho:

Auch dir, du beneidenswerther, schöner Mann, wünsche ich von Grund meines Herzens alles Glück, was du dir selbst wünschest, und noch viel mehr wird dir in der Wirklichkeit an der Seite dieses holden Mädchens zu Theil werden.

Dann schritt er zurück zu dem alten Häuptling und setzte sich neben denselben nieder, während Edward, der an dessen anderer Seite saß, kein Auge von ihm verwandte.

Oswako war so sehr von der Artigkeit und Aufmerksamkeit des Fremden gegen seine Tochter entzückt, daß er ihm wiederholt die Hand schüttelte und ihm sagte, er solle mit seinen Leuten ein recht gutes Geschäft machen. Auch Utho war freudig von der Zuvorkommenheit des Händlers überrascht und bat seine Braut, denselben dafür recht freundlich und liebevoll zu behandeln.

Eine Freundin Zateka's war zu ihr hingesprungen und befestigte den Shawl auf dem rothen Lederbande, womit ein Theil von deren Haar an der linken Seite ihres Kopfes zusammengebunden war, so daß das leichte, wehende Tuch luftig mit den losen Wellen ihres natürlichen Kopfschmuckes über ihren Nacken herabfiel. Allgemeine Bewunderung wurde darüber laut, und Utho gestand der Braut, daß er sie so schön noch nie gesehen habe. Zateka antwortete darauf mit einem selig leuchtenden Blicke, der aber nicht Utho, sondern den Spender des Schmuckes traf, und erhielt von diesem in gleicher Weise eine noch glühendere Antwort zurück.

Das Mahl war beendigt und Spiel und Tanz sollten wieder beginnen. Belmore führte die Braut an der Hand nach dem Platze hin, wo die Belustigungen ihren Anfang nehmen sollten, während Utho an ihrer anderen Seite stolz und freudestrahlend einherging. Der Tanz begann, Alles tobte wild durch einander, und alle Mädchen drängten sich zu Belmore, um seine Hand zu erfassen, so daß er von Zateka getrennt wurde und bald mit der einen, bald mit der anderen Indianerin zusammentraf. So wie Belmore aber tanzte, konnte sich kein Indianer bewegen; sie hüpften und sprangen nur um einander hin, ohne irgend einer Regel, einem Gesetze der Tanzkunst zu folgen, während Belmore sich zum Erstaunen der Menge mit Grazie wirklich tanzend hin und her bewegte. Kein Augenpaar hing aber so fest, so regungslos an der Gestalt des schönen Mannes, als das der Braut, und immer wärmer, immer feuriger erwiederte sie die Blicke, die er ihr während des Tanzes zusandte. Allgemeiner Jubel ertönte, als die wilde, melodielose Musik verhallte, Belmore wieder an Zateka's Seite trat und Oswako nun laut verlangte, daß der Fremde mit seiner Tochter allein einen Tanz ausführen sollte. Zateka erglühte hoch und ihre Augen strahlten Wonne, als der bewunderte Mann ihr die Hand reichte und sie in die Mitte des weiten Kreises führte, den die jauchzende Menge für sie geöffnet hatte. Utho stand bei dem alten Häuptlinge und ließ seinen freudigen Blick mit der ganzen Innigkeit eines sorglos liebenden Herzens auf seiner angebeteten Braut ruhen, die er niemals früher so hervorragend schön, so anmuthig und reizend gesehen hatte, als in diesem Augenblicke. Er meinte, sie bewege sich ganz anders als sonst; ihre Füße schienen den Boden kaum zu berühren, sie wiegte sich an der Hand des Fremden so leicht bei jedem Schritte herüber und hinüber, und trug ihr schönes Haupt so stolz und doch so liebreich dem Händler zugewandt, als sei sie entschlossen, noch besser zu tanzen, als er. Und wie feurig glühten ihre Wangen, wie glänzten ihre Augen!

Tanzest du denn auch gern mit mir, du wunderschönes Mädchen? fragte Belmore und drückte die bebende Hand der wilden Schönen.

Muß ich dir das mit Worten sagen, schöner Mann? Hast du es nicht in meinen Augen gelesen, wie ich mich danach sehnte, fühlst du es nicht in meiner Hand, wie schnell das Herz mir schlägt? antwortete Zateka leise und hielt ihm den großen Spiegel ihrer Zauberaugen entgegen.

O, warum bist du nicht meine Braut, unser ganzes Leben sollte nur ein Freudentanz sein! flüsterte Belmore.

O, könnte ich! entgegnete Zateka mit zitternder Stimme, als sie die Mitte des Kreises erreicht hatten und die Musik wild zu brausen begann. Als ob die Bewegungen Belmore's aus dessen vorigem Tanze auf Zateka übertragen worden wären, so hob sie sich jetzt auf die Spitzen ihrer zierlichen Füße und schwebte mit der Grazie, welche die Natur in jede ihrer Bewegungen gelegt hatte, um ihren Tänzer herum, während dieser sie durch Blick und Geberde aufmunterte und ihr Worte der Bewunderung und des Entzückens zuraunte. Immer wilder, immer leidenschaftlicher wurde der Tanz, und immer tobender, immer stürmischer erschallten die Beifallsrufe der Zuschauer.

Du tödtest mich mit deinem Blicke, Zateka! rief ihr Belmore zu, indem er ihre Hand erfaßte und, sie hochhebend, die Braut um sich schweben ließ.

Ich sterbe vor Wonne, laß uns aufhören! entgegnete Zateka mit kaum hörbarer Stimme und preßte ihre kleine Hand um Belmore's Rechte.

Erst sage mir, bist du mir gut, du reizende Wunderblume? fragte Belmore, sich im Kreise um sie schwingend.

Gut — wie die Welt der Sonne! rief Zateka leise, schoß unter seinem Arme durch und flog nun pfeilschnell von ihm weg in den Kreis der Zuschauer, wo ihre Freundinnen sie mit Jubel empfingen, während ihr von allen Seiten jauchzend Beifall zugerufen wurde.

Jetzt sprangen die jungen Krieger auf den Platz, um im Laufen, Springen und Ringen mit einander zu wetteifern. Belmore stand während dieser Zeit zwischen Utho und Oswako, die ihn wiederholt auf die Gewandtheit und Stärke der jungen Männer aufmerksam machten, von denen er aber nur wenig bemerkt hatte, da sein Blick fortwährend dem Zateka's zu begegnen suchte. Plötzlich sagte er zu dem alten Häuptlinge:

Rufe deine Leute zurück und sende dann deine vier stärksten Männer zu mir in den Kreis, damit sie mich an die Erde werfen.

Bei diesen Worten zog Belmore seine Lederjacke aus, streifte die Hemdärmel in die Höhe, so daß seine herculischen Arme entblößt wurden, und schritt dann langsam in den Kreis hinein. Oswako hatte die Krieger zu sich gerufen und nach des Händlers Wunsch die vier stärksten unter ihnen gewählt, die jetzt zu demselben hin gingen und sich um ihn stellten. Belmore hatte seine Arme in die Seite gestemmt und winkte ihnen mit dem Kopfe zu, ihre Stärke an ihm zu versuchen. Sie ergriffen ihn sämmtlich, zogen ihn hin und her, suchten ihn niederzuwerfen — er stand wie eine eiserne Bildsäule und wankte nicht. Plötzlich ergriff er mit jeder Hand einen der Männer an dem Gürtel, den sie um den Leib trugen, und hob sie mit ausgestreckten Armen schwebend in die Höhe. Dann ließ er sie wieder auf das Gras nieder, reichte freundlich lächelnd Allen die Hand und ging unter donnerndem Beifalle der Zuschauer zu Oswako zurück, der eben so wie Utho seine Bewunderung und sein Erstaunen über solche übermenschliche Kräfte aussprach. Belmore hörte deren Lob aber nicht, denn er nahm in dem Augenblicke die glühende Huldigung Zateka's in Empfang, die sie ihm mit ihren Blicken zusandte.

Die Belustigungen nahmen mit einbrechender Dunkelheit ein Ende, und wieder sammelte man sich in und um des Häuptlings Zelt. Belmore mußte an diesem Abende auf Utho's Bitte an Zateka's anderer Seite Platz nehmen. Die Beleuchtung durch Fackeln von Kienspänen war nicht immer gleich hell und erlosch mit denselben häufig in ein tiefes Düster. In solchen Augenblicken schmiegte Zateka's Hand sich in die des schönen Belmore, wiederholt senkte derselbe ungesehen seine Lippen in glühendem, langem Kusse auf dieselbe, und erhielt durch ihr Beben den Ausdruck von den Gefühlen zurück, welche des schönen Mädchens Brust bewegten.

Edward war der Einzige, der Belmore's Benehmen gegen die Braut mit Mißtrauen beobachtete, und obgleich er immer noch über dessen Persönlichkeit in Ungewißheit war, so drängte sich ihm doch mehr und mehr der Glaube auf, daß er sich nicht irre, daß es Belmore sei, den er vor sich sah. Er war entschlossen, jeden seiner Schritte zu verfolgen und bei der ersten Veranlassung zur Bestätigung seines Verdachtes denselben seinem Freunde Utho mitzutheilen.

Oswako erhob sich an diesem Abende später, als gewöhnlich, und als die Menge sich entfernte, lud er Belmore ein, bei ihm in seinem Zelte zu schlafen, was dieser aber mit dem Bemerken ablehnte, daß er lieber bei seinen Waaren übernachte.

Als Utho nun seine Braut nach ihrem Zelte führte, bat Belmore dieselbe, sie gleichfalls dorthin begleiten zu dürfen, und schritt an ihrer anderen Seite hin bis an das Ziel ihrer Wanderung. Dort wünschte er ihr süße Träume, drückte ihr die Hand und trat dann von dem Eingange des Zeltes zurück, um den Bräutigam bei dessen Abschiede nicht zu stören. Utho schlang seinen Arm um das geliebte Mädchen, preßte sie innig an seine Brust und flüsterte ihr zu:

Wirst du auch die Fackel auslöschen?

Noch nicht, Geliebter, dem Fremden zu Gefallen dürfen wir die Festlichkeiten noch nicht aufheben, antwortete sie schnell, schmiegte sich liebkosend an Utho's Herz und sagte, ihm die Wangen streichelnd: O, wie heiß ich dich liebe, mein Utho!

Herzinnig, aber doch mit trauriger Miene schied dieser nun von der Braut und folgte Belmore in das Dorf zurück.

Am folgenden Morgen ließ der Häuptling es der ganzen Einwohnerschaft mittheilen, daß jetzt in seiner Gegenwart der Tauschhandel mit dem Fremden beginnen solle, und bald darauf trugen die Indianer Goldkörner, Felle, Wachs, geräucherte Büffelzungen und namentlich gegerbte Hirschhäute in großer Zahl nach dem Platze, wo die Gefährten Belmore's die Waaren zur Schau ausgelegt hatten. Diese bestanden in werthlosen, verlegenen Ladenhütern, die er in der großen neuen Stadt Buffalo, welche erst ganz kürzlich an der Ostseite des Eriesees entstanden war, von den dortigen Kaufleuten für wenig Geld erstanden hatte. Es waren Baumwollenstoffe, Tücher, Bänder, wollene Decken, Spiegel, Perlen, Schminke, Flöten, Maultrommeln, Messer, Bohrer, Feilen, Nadeln, Zwirn und unzählige andere Gegenstände, welche den Indianern wünschenswerth waren. Der alte Häuptling machte den Vermittler bei dem Handel, und zwar möglichst zum Vortheile Belmore's, so daß derselbe seine werthlosen Waaren mit hohem Gewinne vertauschte. Der Vormittag verstrich bei diesem Geschäfte, und schon am Nachmittage half er seinen Begleitern, die eingetauschten Güter auf die Maulthiere zu laden, und ließ sie mit denselben sofort allein die Rückreise nach Buffalo antreten. Er sagte ihnen, er wolle noch einige Tage hier verweilen, um den begonnenen Verkehr mit diesem Indianerstamme dauernd zu befestigen, und dann würde er sie in einigen Tagen einholen. Als sie nun mit den Maulthieren von dannen gezogen waren, begab er sich wieder nach dem Platze, wo die Indianer sich belustigten, und wurde von ihnen mit Jubel begrüßt. An jedem neuen Morgen begannen ihm zu Ehren die Festlichkeiten wieder, er war der gefeierte Tänzer Zateka's und wich nicht mehr von ihrer Seite. Vergebens bat und flehte Utho seine Braut an, die Fackel vor ihrem Zelte auszulöschen, dieselbe brannte in jeder folgenden Nacht heller. Schon nahte sich die zweite Festwoche ihrem Ende, und Belmore führte Zateka Abends wieder zum Tanze, als er ihr dringend und stürmisch zuflüsterte:

Willst du mir wirklich folgen, Zateka?

Ich folge dir, wohin du mich führst, geliebter Mann; bei dir allein ist Glück und Ruhe für mich, ohne dich scheint deiner Zateka keine Sonne mehr, ohne dich gibt es für sie kein Mondlicht, kein Blitzen der Sterne, ohne dich ist ihr Leben in finstere Nacht gehüllt! antwortete die schöne Wilde und heftete ihre großen, dunklen Augen auf Belmore, als wolle sie ihn darin lesen lassen, wie sie ihm ihre ganze Seele zu eigen gegeben habe.

Wie finden wir Gelegenheit zur Flucht? Man überwacht dich Tag und Nacht, sagte Belmore rasch.

Aeußere deinen Wunsch gegen meinen Vater, daß du Bärenfleisch essen möchtest. dann ziehen alle jungen Männer hinaus auf die Jagd, und auch Utho wird sie begleiten, flüsterte Zateka, als die Musik begann und Beide nun wieder die Zuschauer durch ihr Tanzen ergötzten.

Bei einbrechender Nacht hatte man sich abermals

in Oswako's Zelt zum Mahle versammelt, und der alte Häuptling pries den Zufall, der gerade in dieser Zeit seinen Freund, den Händler Toroney, zu ihm geführt, welcher das Fest durch seine Gegenwart so sehr verherrlicht habe. Da bemerkte Belmore, daß sein Aufenthalt hier nur noch von kurzer Dauer sein könne, da er in wenigen Tagen seinen Leuten folgen müsse.

Schade nur, sagte er, daß ich nicht einmal ein Stück Bärenfleisch gekostet habe, worauf ich mich gefreut hatte, denn ich glaubte, daß dieses hier tägliche Kost sei.

Wir jagen gewöhnlich den Bären nur im Winter, wenn er feist ist; hätte ich aber ahnen können, daß du nach dessen Fleisch dich sehnst, so hättest du es täglich haben sollen, sagte der alte Häuptling, als Utho rasch einfiel: Wenn aber unser Freund uns schon so bald verlassen muß, so können wir ja morgen einen Bären hetzen; denn ohne daß alle seine Wünsche erfüllt sind, darf er nicht von uns scheiden.

Das war es, was ich so eben unsern jungen Männern vorstellen wollte; da du selbst aber sie führen willst, so wird nicht einer von ihnen zurückbleiben, sagte der Alte, und bemerkte dann, daß man früh zur Ruhe gehen möge, weil die Jäger lange vor dem Grauen des Morgens aufbrechen müßten. Utho war nun zu Oswako und den sich um ihn drängenden jungen Kriegern getreten, um mit ihnen die Jagd zu verabreden, während welcher Zeit Belmore mit Zateka allein und unbeachtet sitzen blieb.

Wenn sie fortgezogen sind, dann erwarte mich dort in dem Grase, wo die Pferde weiden; der Mond leuchtet schon genug, damit ich mein weißes Roß erkennen kann, flüsterte Zateka mit zitternder Stimme und sah für einen Augenblick in seligem Verlangen zu Belmore auf.

Du wirst das glücklichste Weib auf Erden sein; meine unvergängliche, treue Liebe soll dir dein Glück sichern, und mein starker Arm soll dich gegen eine Welt beschützen! Wirst du mich auch ewig so innig lieben, wie du es jetzt thust, angebetete Zateka? sagte Belmore mit leiser, flehender Stimme.

Ich bin ja nur noch Liebe für dich, und mit meiner Liebe hört auch deine Zateka auf zu sein!

Die Männer hatten sich beredet, und nun trat Utho zu Belmore mit den Worten hin:

Morgen Abend soll dein Wunsch erfüllt werden und unsere Frauen sollen dir die besten Stücke Bärenfleisch zubereiten. Dann reichte er Zateka seine Hand, die Braut wünschte Belmore mit halb erstickter Stimme eine sanfte Ruhe und ließ sich dann von Utho nach ihrem Zelte geleiten.

Die Gegenwart des Fremden hat mich so lange von

meinem Glücke fern gehalten, theure Zateka, und mit Freuden will ich sein letztes Mahl hier nach seinem Wunsche verherrlichen. Wir müssen schon nach Mitternacht aufbrechen, denn bis zu den Bergen, wo die Bären leben, ist es weit, und es wird spät werden, bis wir zurückkehren. Will meine Zateka mich mit ihrer ganzen, heißen Liebe erwarten? sagte der Häuptling mit überströmendem Gefühl.

Mein Utho, wie werde ich die Minuten zählen! entgegnete Zateka und schlang ihre goldigen Arme um des Bräutigams Nacken.

Tiefe Ruhe lag bald auf der ganzen Niederlassung, nur in Zateka's und in Belmore's Augen kam kein Schlaf; Beide lauschten nach jedem Laute, der die Stille der Nacht unterbrach, und Beide zählten die Minuten, bis die Jäger von dannen ziehen würden.

Du brauchst in dieser Nacht die Fackel nicht in Brand zu erhalten und darfst dich ruhig dem Schlafe überlassen, denn Utho zieht zur Jagd und kann nicht zu meinem Zelte kommen, sagte Zateka zu ihrer Freundin, welche die Wache bei der Fackel hatte und welche der Weisung auch gern Folge leistete und sich, in ihre Büffelhaut gehüllt, neben dem Eingange des Zeltes niederlegte.

Fünfunddreißigstes Kapitel.

Die Bärenjagd. Das Erwarten. Untreue. Beruhigung. Tiefste Verzweiflung. Verfolgung. Der Nachen. Der Eriesee. Schreckliches Erwachen. Tiefes Grab. Das Lebewohl. Der Wirth. Speculation. Der Niagarafall. Der Beschluß. Des Freundes Brief. Beseligendes Wiedersehen.

Es war gegen Mitternacht, als sich das Dorf belebte und die Männer hinaus in die Weide eilten, um ihre Pferde dorther nach ihren Wohnungen zu holen. Belmore, der in einiger Entfernung von Oswako's Zelt unter einer alten Eiche auf einem Lager von Büffelhäuten ruhte, sah sie an sich vorüber ziehen, verrieth aber nicht durch die leiseste Bewegung, daß er noch wache. Nach Verlauf von einer halben Stunde bestiegen Utho und Edward die Pferde, welche ihnen vor das Zelt des alten Häuptlings gebracht wurden, und ritten nach einem Platze in der Mitte des Dorfes, wo sich die Jägerschar mit vielen Hunden versammelt hatte. Belmore lauschte nach deren Abzuge, den bald darauf der Lärm der voranspringenden Hunde und der dröhnende Ton der Pferdetritte verkündete.

Die vorige Ruhe trat nun bald wieder ein, die Indianerinnen, die in des Häuptlings Zelt beschäftigt gewesen waren, hatten sich entfernt und nirgends war noch ein lebendes Wesen zu sehen. Belmore erhob sich rasch, schnallte seine Pistolen um, nahm sein Sattelzeug und seine Satteltasche auf den Arm, ergriff seine Büchse und schlich sich in dem Schatten der Bäume eiligst davon. Er trat auf die vom Mondlichte beleuchtete Grasfläche, die er einen Augenblick überspähte, und schritt dann zu seinem Rappen, der mit einem langen Lederstricke an den Stamm einer einzeln stehenden Ulme befestigt war.

Auch Zateka's scharfes Ohr hatte den ersehnten Auszug der Jäger erlauscht, und sie sprang von ihrem weichen Lager auf nach dem Eingange des Zeltes, vor welchem die Fackel erloschen und die Wärterin in tiefen Schlaf gesunken war. Sie nahm eine schön bereitete, mit lockigem Haar bedeckte Büffelhaut auf ihren Arm, ergriff ihren Zaum und glitt schwebenden Fußes aus dem Zelte bei der Schläferin vorüber der hellen Grasfläche zu, wo der heißgeliebte weiße Mann ihrer harren wollte. Ihr Herz schlug laut, ihr Busen wogte stürmisch auf und nieder und die Sehnsucht nach dem Geliebten beflügelte ihre Schritte. Aus dem Waldsaume hervortretend, schaute sie über die Fläche nach ihrem weißen Rosse, welches zwischen vielen anderen in dem Grase lag, und schritt dann auf dasselbe zu, um ihm Decke und Zügel aufzulegen; da fiel ihr Blick auf Belmore, der weiter am Holze hin sein Pferd gesattelt und dasselbe hineingeführt hatte und jetzt aus dem Schatten hervor in das Mondlicht trat. Wie von den Schwingen ihrer Leidenschaft getragen, schoß Zateka über die Fläche, breitete die Arme nach Belmore aus und sank ihm mit den Worten an die Brust: Dein, dein und ewig dein!

In heißer glühender Umarmung vergaßen Beide, wie kostbar ihnen die Minuten waren, bis sie das Bellen eines Hundes aus ihrem Wonnerausche weckte und Zateka sich von dem Herzen des Geliebten wand, um ihr Pferd zu holen. In wenigen Minuten sprengte sie auf dessen mit der Büffelhaut bedecktem Rücken zu Belmore heran, der seinen Rappen bestiegen hatte, und fort stoben die beiden Flüchtlinge über Berg und Thal, daß Mähnen und Schweife der Rosse hoch im Winde wehten.

Als der Tag die Schläferin vor Zateka's Zelt aus ihren Träumen weckte, erhob sie sich, um ihrer Freundin, der Braut, den Morgengruß zu bringen; zu ihrer Verwunderung aber fand sie deren Lager verlassen. Was konnte Zateka so früh schon von hier gerufen haben? Das Mädchen begab sich nun nach Oswako's Zelt, um die Braut dort zu suchen; Alles ruhte aber noch im tiefsten Schlafe. Sie weckte eine der Frauen des Häuptlings und fragte sie nach Zateka; dieselbe sah sie aber erstaunt an und sagte, daß die Braut nicht bei ihnen gewesen sei. Sie dachten nun Beide, Zateka habe unruhig geschlafen und darum einen frühen Spaziergang gemacht, nach welchem sie sich zur Frühstückszeit wohl bei ihrem Vater einfinden werde. Als diese Zeit aber kam und Zateka nicht erschien, auch der Händler nicht aufzufinden war, da lachte der alte Oswako laut auf und sagte:

Die sind zusammen den Jägern gefolgt, um Utho zu überraschen und ihm eine unerwartete Freude zu bereiten; es wunderte mich überhaupt, daß Zateka von der Jagd zurückblieb, da sie sonst doch so gern Theil daran nimmt.

Mit dieser Vermuthung, die noch durch das Verschwundensein der Pferde der Vermißten bestätigt wurde, beruhigte man sich vollständig, und der alte Häuptling freute sich über den guten Einfall seiner Tochter, der Utho die Jagd verherrlichen würde.

Der Tag verstrich, die Nacht brach ein, und mit froher Erwartung sah man der Rückkehr der sicher mit reicher Beute beladenen Jäger entgegen.

Dieselben naheten sich mit ermüdeten Rossen erst spät dem Dorfe, und Utho trennte sich von seinen Gefährten, um die andere Seite der Niederlassung zu erreichen und dort seine Braut zu begrüßen, die er bereits in ihrem Zelte wähnte. Schon von Weitem erkannte er mit hochschlagendem Herzen, daß die Fackel vor dem Eingange des Zeltes nicht brannte, und er beeilte die Schritte seines müden Pferdes, um der Geliebten für das Willfahren seiner heißen Wünsche an das Herz zu sinken. Er sprang vom Rosse und in das Zelt hinein — Zateka's Lager war leer. So war sie noch bei ihrem Vater, dachte er; erhört hatte sie ihn ja aber, denn die Fackel brannte nicht. Er sprang auf sein Pferd, spornte es zum Galopp an und erreichte in wenigen Minuten Oswako's Zelt. Wie traf ihn aber jetzt die Kunde, daß Zateka schon seit dem Morgen vermißt und daß auch der Händler verschwunden sei! Schrecken und Aufruhr verbreitete sich schnell von des Häuptlings Zelt durch das ganze Dorf, Alles strömte herzu, um sich von der Wahrheit der Nachricht zu überzeugen, und alle Männer erboten sich, die Spur der Flüchtigen aufzusuchen und sie zu verfolgen. Utho allein stand stumm und regungslos da wie eine Bildsäule und schien nicht zu gewahren, was um ihn vorging. Endlich trat der alte Häuptling zu ihm und weckte ihn mit den Worten aus seiner Erstarrung:

Wir Männer werden sämmtlich ihnen folgen und furchtbare Rache nehmen; du sollst zufriedengestellt werden, Utho!

Die Rache gehört mir allein, so wie die Braut

einst mir allein gehörte! entgegnete dieser mit heiserer, klangloser Stimme, wandte sich aus dem Zelte und schritt in die helle Nacht hinaus. Mit verschränkten Armen und gesenkten Hauptes ging er nach Zateka's Zelt, blieb einen Augenblick wie zurückschaudernd vor dem Eingange stehen und trat dann in dasselbe hinein. Das Mondlicht fiel auf das verlassene Lager der Braut: Utho sank vor demselben auf seine Kniee nieder, senkte sein Antlitz in seine Hände und kauerte sich lautlos zusammen. Der Schmerz hatte ihn überwältigt, das Herz wollte ihm brechen, die Gedanken wollten ihm das Hirn zerreißen, und krampfhaft durchzuckte es seine Nerven. So saß er ohne Bewegung, ohne Laut, ohne Thräne, bis der erste bleiche Schimmer am östlichen Himmel das Nahen des Tages verkündete; dann erhob er sich langsam, warf noch einen Blick wie zum Abschiede auf das Lager und ging nun festen Schrittes nach Oswako's Zelt zurück. Alles lag noch in tiefem Schlafe, als Utho eintrat und Edward aufweckte.

Komm' mit mir, Freund, sagte er zu ihm; du hast mir das Leben gerettet, du sollst Zeuge sein, wie ich meine Ehre rette!

Dann winkte er ihm, geräuschlos ihm zu folgen; sie nahmen ihr Sattelzeug und ihre Waffen, Utho versah sich und Edward mit getrocknetem Hirschwildpret und mit Bärenfleisch, und dann eilten sie zu ihren Pferden. Sie ritten nun nach der Ulme, an welcher Belmore's Rappe immer während der Nacht befestigt worden war; von da folgten sie dessen Spur bis an den Waldsaum und fanden dort nun auch die Fährte von Zateka's Schimmel. Der Rappe war an allen vier Füßen mit Eisen beschlagen, während das weiße Pferd sehr zierliche, sauber beschnittene Hufe hatte und einen sehr reinen, scharfen Abdruck in dem Boden hinterließ.

Kaum hatte Utho die beiden Spuren zusammen erkannt, als er sein Roß in Galopp setzte und, von Edward gefolgt, denselben nachritt. Auf hartem Boden mußte er seine Eile mäßigen, um die Fährten genau erkennen zu können, wo dieselben aber tief eingetreten waren, da trieb er sein Roß wieder zur Eile an. Während des ganzen Tages rasteten und ruhten sie nicht, und erst als die Dunkelheit es dem Häuptlinge unmöglich machte, die Spuren zu erkennen, hielt er an, um die Nacht hier zu verbringen. Sobald aber das Licht des neuen Tages die Fährten des Rappen und des Schimmels wieder zeigte, war Utho mit seinem Gefährten abermals zu Roß, um die Verfolgung fortzusetzen.

Am zweiten Tage kamen sie an verschiedenen Ansiedlungen der Weißen vorüber, welchen die Flüchtlinge sichtbar ausgewichen waren, wobei Utho bemerkte, daß der Räuber seiner Braut dies gethan habe, weil den Gränzansiedlern ihrer eigenen Sicherheit wegen mehr an der Freundschaft der Indianer, als an der der Weißen gelegen sein müsse, und weil ihnen wohlbekannt wäre, das eine Indianerin einem weißen Manne nicht mit der Zustimmung ihres Stammes folgen würde. Am vierten Tage der Verfolgung bemerkte Utho, daß der Rappe zwei Eisen verloren habe und nun nicht mehr lange aushalten werde. Bald darauf wandten sich die Spuren von der bisher verfolgten Richtung seitwärts nach der Niederlassung eines Weißen hin.

Er hat sich ein anderes Pferd verschaffen wollen, sagte Utho, indem sie sich der Farm näherten, welche an einem nicht bedeutenden Flusse lag. Plötzlich aber zeigten die Fährten wieder weiter am Flusse hinab und führten die beiden Reiter bis an dessen Ufer.

Utho stieg von seinem Rosse und untersuchte das Ufer sehr genau, dann schwang er sich abermals in den Sattel und folgte wieder den Spuren des Rappen und des Schimmels, die sich jetzt in dem Grase hin und her wandten. Die beiden Pferde, schien es, hatten hier geweidet und waren ganz nach eigener Willkür umhergegangen.

Jetzt ist die Rache mein! sagte Utho mit einem unheimlich aufleuchtenden Blicke; sie sind an dem Ufer in einen Nachen gestiegen, in welchem sie die Reise beenden wollen. Der Fluß mündet in den Eriesee, unmittelbar oberhalb des Niagarafalles, und erreichten sie bei Tage den See, so wären sie außer Gefahr, denn an dessen anderer Seite liegt die Stadt Buffalo. Der Fluß aber macht in seinem Laufe große Krümmungen, und wenn der Räuber die Kräfte von acht Männern hätte, so könnte er doch vor Einbruch der Nacht den See nicht erreichen, und dann darf er es nicht wagen, so nahe bei dem Falle vorüber zu rudern. Ich kenne diese Gegend noch aus meiner Jugend und weiß einen Weg, auf dem wir gleichfalls an diesem Abende noch an den See gelangen können. Die Kräfte unserer Pferde werden noch ausreichen.

Mit diesen Worten spornte Utho sein Roß abermals vorwärts, und zwar in mehr nördlicher Richtung, als die, welcher der Fluß folgte.

Der Tag verstrich und der volle Mond zog in seiner ganzen Pracht an dem wolkenlosen Himmel auf, als den beiden Reitern ein ferner Donner entgegenkam.

Es donnert, Utho, wir werden ein schweres Gewitter bekommen, sagte Edward, indem er mit Sporn und Peitsche sein Pferd antrieb, mit dem Hengste des Häuptlings gleichen Schritt zu halten.

Das ist der Donner, womit der Eriesee sich in das

tiefe Bett des Niagaraflusses stürzt; bald werden wir den Silberglanz seiner Fluten sehen, antwortete Utho, sein ermattetes Roß gleichfalls anspornend.

Der Donner des Falles wurde immer lauter, immer dröhnender, und bald zeigte Utho auf eine Wolkensäule, die sich, vom Mondlichte hell beschienen, wie eine riesige Nebelgestalt zum Himmel aufthürmte.

Das ist der Wasserstaub, der aus dem Kessel des Falles aufsteigt, und dort siehst du jetzt die glänzende Fläche des Sees, sagte der Häuptling, auf eine Lücke in einem vor ihnen liegenden Waldstriche deutend.

Diesen Wald hatten sie bald erreicht, und als sie aus demselben hervorritten, lag der Eriesee wie ein silberner Spiegel vor ihnen ausgebreitet, und zur Linken, wo sich seine Ufer einander näherten und er sich in den Abgrund stürzte, wirbelten die Wasserstaubwolken aus demselben zu dem klaren Aether auf.

Hier rechts an dem Fuße dieses Hügels, wo das dünne Gehölz sich bis an den See zieht, liegt der Fluß, auf dem der Räuber herabkommen wird: noch kann er nicht hier sein, sagte Utho, indem er von seinem Pferde stieg, demselben Sattel und Zeug abnahm und es dann mit dem langen Lederstricke, welchen es um den Hals trug, in das Gras band. Edward that dasselbe mit seinem Rosse und dann folgte er Utho, der mit der

Büchse in der Hand an dem Waldsaume hinab nach dem Flusse schritt. Sie hatten dessen Ufer bald erreicht, und vorsichtig schlich der Häuptling an demselben hin, indem er beide Ufer überspähte.

Er ist noch nicht hier, der große Geist sei dafür gepriesen! sagte Utho, als sie sich nur noch in kurzer Entfernung von der Mündung des Flusses unter einer dichten, schattigen Baumgruppe befanden. Plötzlich aber zuckte Utho zusammen, als ob ein elektrischer Schlag ihn getroffen habe; er neigte sich tief und hielt die Hand über die Augen, um das helle Mondlicht von ihnen abzuwehren. Nach einigen Augenblicken des Spähens ergriff er mit stürmischer Bewegung Edward's Hand, zeigte mit der anderen nach dem jenseitigen Ufer und flüsterte ihm mit bebender Stimme zu:

Die Rache ist groß — dort liegt der Kahn unter dem dunklen Ufer, und in ihm mein Glück, mein Schmerz!

Dann legte er seine Büchse nieder, warf sein Lederzeug ab, nahm seinen Tomahawk zwischen die Zähne und sank am Ufer hinab in die schnell strömende Flut. Lautlos glitt er durch deren Spiegel nach dem jenseitigen Ufer zu dem Kahne, in welchem Zateka und Belmore in fester Umarmung in tiefem Schlafe lagen. Der Strick, welcher den Kahn am Ufer gefesselt hielt, war gelös't, der Häuptling hielt ihn in seiner Rechten und schwamm nun geräuschlos mit ihm in den hellglänzenden See hinaus dem Abgrunde zu, in welchen dessen Fluten hinunterdonnerten. Näher und näher kamen sie dem Sturze, wo die Wogen sich hoch aufthürmten und ihren Gischt um sich warfen, und ein wirbelnder Strudel drehte den Nachen im Kreise — da ertönte des Häuptlings furchtbare Stimme durch den Donner des Falles:

Erwache, Toroney, du Räuber meines Lebensglückes! Lebe wohl, Zateka! und Beide schossen in dem Schiffchen empor. Sie hoben die Arme zum Himmel, sie rangen die Hände, fort wirbelte der Nachen in Gischt gehüllt dem Sturze zu. Belmore hob das Mädchen an seine Brust, und die Wogen schossen mit ihnen in die grausige Tiefe hinab.

Mit mächtigem Arme kämpfte der Häuptling gegen den Wirbel an aus der Strömung hervor und hielt unverwandt seinen Blick auf den dahinfliegenden Kahn gerichtet, bis derselbe mit der stürzenden Flut verschwunden war. Dann kehrte er an das Land zurück, kauerte sich auf dem Ufer nieder und sah nach dem Falle hin, wo er Zateka zum letzten Male geschaut hatte. So saß er, bis der Himmel im Osten sich röthete und den Tag verkündete, dann erhob er sich mit gewohnter eiserner Ruhe auf seinem Antlitz, ging mit Edward zu den

Pferden zurück und zündete dort ein Feuer an, um das Frühstück zu bereiten; kein Wort aber über das Gericht, welches er gehalten hatte, kam über seine Lippen.

Dort an der anderen Seite des Sees liegt die neue Stadt Buffalo, und hier links auf dem hohen Ufer des Niagaraflusses siehst du das große weiße Haus, es ist ein Gasthaus, welches die Weißen im Sommer besuchen, um den Fall zu sehen. Es ist das einzige Haus an dieser Seite, und jetzt werden nicht viele Gäste sich in demselben aufhalten. Ich habe dort vor einigen Jahren übernachtet, als ich von Washington zurückkam, wo ich den großen Vater besucht hatte.

Edward, noch immer von dem Schauder ergriffen, welchen der Anblick der in den Abgrund schießenden Racheopfer des Indianers über ihn gebracht, saß in Gedanken verloren und folgte mit den Augen den Wellen, die sich einander dem Sturze zujagten; wieder hatte die Liebe zwei Wesen ihrem Verderben zugeführt! Er hatte wieder den Hirsch vor Augen, wie derselbe neben ihm in die Tiefe stürzte, und sein eigenes Verhängniß, das durch die Liebe dem Untergange zugeführt wurde, stand wie ein drohender Schatten vor ihm. Das Schicksal hatte ihn aber so plötzlich wieder in die Nähe der Civilisation geführt, daß er jetzt unmöglich in die Wildniß zurückkehren konnte; dort an der andern Seite des Sees lag der Staat von New-York, er mußte nach dessen Hauptstadt zurück, mußte die Briefe von seiner Agnes in Empfang nehmen und mußte ihr schreiben — wenn er ihr auch nur sagen konnte, wie weit ihn das Schicksal von seinem Lebensziele entfernt hatte. Konnte er sich selbst doch keinen Vorwurf machen, er hatte ja alles gethan, was in seinen Kräften stand, um seinem ersehnten Glücke näher zu kommen, er hatte ja darum Entbehrungen und Gefahren ausgestanden, denen sich tausend Andere nicht ausgesetzt haben würden! Noch einmal wollte er es in New-York versuchen, sich eine Lebensbahn zu brechen, und wenn es ihm abermals mißlingen sollte, dann blieb ihm die Wildniß ja wieder als letztes Mittel.

Ich werde dich jetzt verlassen, Utho, ich muß nach New-York zurück; wenn ich aber wieder auf den Biberfang gehen will, so komme ich zu dir und bitte dich um deine Hülfe und um deinen Schutz, hob Edward nach einer langen Pause an.

Das thut meinem Herzen wehe, denn gerade in diesem Augenblicke war der Freund mir heilender Balsam. Du willst aber, und was du willst, soll geschehen. Nimm das Pferd mit dir, welches du geritten hast, und wenn du es nicht mehr gebrauchst, so verkaufe es, es ist werthvoll. Reite nach jenem Hause, von dort aus wird man dich über den Niagarafluß schiffen, und dann bist du auf der Straße nach New-York. Reite jetzt, damit unser Abschied kurz sei; ich werde hier warten, bis du das Haus erreicht hast, dann sollst du mein Lebewohl haben, antwortete der Häuptling.

Du hast mir schon so viel Liebes und Gutes erzeigt, daß ich das Pferd nicht noch von dir annehmen darf, antwortete Edward, doch Utho bestand darauf, daß er es mit sich nehmen solle, und versicherte ihn, daß es ihm selbst bei seinem eiligen Ritte zurück nur eine Last sein würde. Darauf sattelte er das Roß für Edward, und sagte dann, indem er zu ihm trat und seine Hand ergriff:

Vergiß niemals, daß du in Utho immer einen treuen Freund hast, und nun reite. Dabei schüttelte er Edward die Hand, führte ihn zu dem Pferde, und derselbe stieg in den Sattel. Noch einmal drückten sie sich die Hände, und dann lenkte Edward sein Roß auf der Höhe hin dem einzelnstehenden Hause zu. Nach Verlauf von einer Viertelstunde hatte er dasselbe erreicht, als ein gellender Ruf ihm nachtönte und er sich umschauend auf des Berges Rücken den Indianer-Häuptling zu Pferde halten sah. Derselbe schwang die weiße Wolfsdecke, welche er auf seinem Sattel trug, hoch über sich durch die Luft und winkte Edward sein Lebewohl zu. Dann feuerte er seine Büchse ab, sprengte davon und verschwand nach wenigen Augenblicken hinter dem Berge.

Edward ritt nun vor das große, dreistöckige, ganz aus Holz aufgeführte Haus und begrüßte dort einen alten, doch kräftigen und rüstigen Mann, der unter der Galerie vor dem Gebäude saß, welche sich auch vor dem zweiten und dem dritten Stocke zum Schutze gegen die Sonne hinzog. Dieser Mann war Herr Foresight, der Eigenthümer und Wirth des Hauses. Er erwiederte den Gruß aufs freundlichste, ohne sich jedoch aus dem weiten Armstuhle zu erheben, in welchem er sich zurück gegen die Wand gelehnt hatte.

Kommen Sie schon des Schauspieles wegen, welches am sechsten October hier Statt finden wird, und wo haben Sie denn meine Bekanntmachung gelesen? redete er Edward an.

Doch nicht, ich weiß von keinem Schauspiele, ich komme gerades Weges aus dem Indianergebiete, entgegnete Edward, indem er vom Pferde stieg und dasselbe dem Neger übergab, der herzugetreten war.

So haben Sie es sehr glücklich getroffen, denn am sechsten October lasse ich einen Schooner mit vollen Segeln aus dem Eriesee nach dem Falle schwimmen, damit er in den Abgrund stürze. Es wird ein großartiges Schauspiel geben, wie seines Gleichen noch nicht gesehen worden ist. Außerdem ist schon eine Gesellschaft Kunstreiter zur Belustigung der Fremden hier eingetroffen; ich werde einige Felsstücke zwischen dem americanischen Falle dort am jenseitigen Ufer sprengen lassen, und Nachts soll ein prächtiges Feuerwerk auf einem Floße über den Katarakt treiben. Ich habe die Bekanntmachung durch die sämmtlichen Staaten gesandt, und denke, daß zehntausend Gäste hier eintreffen werden.

Bei diesen Worten reichte der Wirth dem zu ihm hintretenden Edward die Hand und hieß ihn willkommen.

Wie lange ist es denn noch bis zum sechsten October? fragte Edward — ich habe die Zeitrechnung vollständig verloren.

Nun, heute ist der sechsundzwanzigste September, und so sind es nur noch eilf Tage, entgegnete der Wirth.

So lange kann ich mich nicht aufhalten, ich muß schnellmöglichst in New-York eintreffen.

Ruhen Sie Sich vorerst einmal aus und dann überlegen Sie die Sache; es ist der Mühe werth, einige Tage dafür zu opfern, bemerkte der Wirth, und rief dann einem Neger zu, er möge dem Herrn ein Zimmer anweisen.

Edward war körperlich und geistig so sehr abgespannt, daß er gern dem Diener folgte und sich in dem

Dachstübchen, nach welchem derselbe ihn führte, sofort auf das Bett warf und einschlief. Die Glocke, welche zum Frühstücke rief, weckte ihn nicht auf; da er derselben aber auch kein Gehör gab, als sie vor dem Mittagsessen ertönte, so sandte der Wirth einen Schwarzen zu ihm hinauf, um ihn aus seinem festen Schlafe rütteln zu lassen. Dieses Mittagsessen war für Edward ein unbeschreiblicher Genuß, der ihn recht lebhaft an die harten Entbehrungen erinnerte, die er so lange Zeit ertragen hatte. Nach Tische ging er vor das Haus und schritt von der Höhe, auf welcher dasselbe stand, hinab zu dem sogenannten Tafelfelsen, einer ungeheuren Steinplatte, die weit über das beinahe zweihundert Fuß tiefer gelegene Bett des Niagaraflußes hinaussteht und von wo er den Eriesee und dessen Sturz, welcher der große Hufeisenfall genannt wird, so wie den americanischen Fall an der anderen Seite des Stromes überblicken konnte. Der letztere wird durch einen Arm des Sees gebildet, der sich um die sogenannte Ziegeninsel windet, die zwischen den beiden Fällen sich erhebt. Edward's Blick hing gedankenvoll an der Stelle des großen Wasserfalles, wo er meinte, daß Belmore und Zateka herabgestürzt sein müßten, und mit Schaudern sah er in die furchtbare Tiefe, in welcher die hinabdonnernden Fluten tobten und aus welcher die Staubwolken des Wassers sich zum Himmel emporwirbelten. Den Kessel selbst, der die ungeheuren Wassermassen empfing, konnte man nicht erkennen, nur den Gischt der Wogen sah man über ihm aufsteigen und auf dem Flusse mit den Wellen dahinziehen. Der ganze Kessel, den der hufeisenförmige, dreitausend Fuß breite, große Katarakt, die senkrechten, felsigen Ufer der Ziegeninsel und der americanische Fall umgeben und aus dem der Fluß sich bildet, glich einem kochenden, siedenden, Alles zermalmenden Meere, während die Wellen des Flusses unterhalb des americanischen Falles, wenn auch hoch, doch friedlich und spielend dahinrollten.

Und doch kam Edward der Gedanke, ob ein guter Schwimmer, wie er es war, den Wogen in dem Kessel nicht gewachsen sein müsse, so lange er sich von den niederstürzenden Fluten fern hielt. Er blickte hinüber nach der Ziegeninsel, deren beinahe zweihundert Fuß hohe steile Ufer zwischen den beiden Wasserfällen in den Kessel hinabstanden, und dachte, ob er nicht schwimmend dieselben erreichen könne. Lange stand er vor diesem Wunderwerke der Schöpfung in Staunen versunken, und immer wieder sah er im Geiste den Nachen mit dem Banditen und der schönen Indianerin von den Fluten fortgerissen in den Abgrund schießen, und immer fiel ihm der Hirsch an der Teufelsklippe wieder ein.

Von hier begab sich Edward nach der bedeckten Wendeltreppe, die unweit des Tafelfelsens von dem hohen Ufer hinab bis zu dem Gestade des Flusses führte, und stieg zu diesem hinunter. Der Donner, der ihn hier umdröhnte, war so betäubend, daß er nicht hörte, was er selbst laut ausrief, und der Sturm, der von dem großen Falle her durch das tiefe Flußbett zog, peitschte den Wasserstaub wie Schlagregen über Edward hin. Er schritt auf dem losen Steingerölle zwischen den umherliegenden Felsblöcken fort bis unter den Tafelfelsen, neben welchem der Sturz des Hufeisenfalles begann, und sah die Flutmassen wie stürzende Seen neben sich in den Kessel hinunterdonnern. Hier konnte er durch den Schaum und Gischt schon mehr von den tobenden Wogen in dem Kessel gewahren, dennoch meinte er, er könnte in demselben schwimmen, und beschloß, sich am späten Abende weiter unterhalb in den Fluß zu begeben und zu versuchen, wie weit er in den Kessel vordringen könne. Es verlangte ihn sehr nach einem erfrischenden Bade, welches er seit längerer Zeit entbehrt hatte.

Als Edward zum Gasthause zurückkehrte, saß der gemüthliche, freundliche Wirth wieder, seine Cigarre rauchend, unter der Veranda, und als er seinen neuen Gast sich nahen sah, rief er ihn zu sich, bat ihn, bei ihm Platz zu nehmen, und reichte ihm auch eine Cigarre hin.

Haben Sie Sich den Fall in Augenschein genommen? Sie sehen ihn heute wohl zum ersten Male? fragte Foresight.

Es ist das erste Mal, daß ich hier bin, und die Pracht, das Ungeheure dieser Naturschönheit hat mich beim ersten Anblicke überwältigt, entgegnete Edward mit Begeisterung.

Nun denken Sie Sich, fuhr der Wirth fort, welch ein Schauspiel es sein wird, wenn der Schooner mit vollen Segeln dort herunterjagt! Ich glaube, ich habe eine gute Speculation gemacht. Die Zeit ist vorbei, wo die Vergnügungsreisen hierher unternommen werden, weil die Nächte schon zu kühl sind, und doch wollte ich nochmals die Reiselustigen ans den nördlichen Staaten hier versammeln, wozu ein solches, noch nie gesehenes Schauspiel Veranlassung geben wird. Der Schooner war nicht mehr seetüchtig und wurde für einen geringen Preis auf Abbruch verkauft, und ich hoffe, aus den Gästen die Kosten zehnfach zu lösen. Es sollte mich nicht wundern, wenn zehntausend Menschen sich hier versammelten, um das Schiff heruntersegeln zu sehen. Ich werde vielerlei Thiere darauf laden, Schweine, Schafe, Federvieh und einen zahmen Bären, den ich schon seit einigen Jahren im Hofe an der Kette liegen habe. Es wird aber nicht ein Stück lebendig davonkommen, denn was einmal in den Kessel geräth, das ist verloren.

Das will ich nicht behaupten; ich habe mir sogar vorgenommen, mich heute Abend in dem Flusse zu baden und in den Kessel hineinzuschwimmen. Ich glaube, den Fuß der Insel nahe an dem großen Falle erreichen zu können; ja, wenn es nöthig wäre, würde ich mich nicht lange besinnen, dort, wo die großen Felsblöcke unmittelbar an dem Sturze aus dem Wasser hervorsehen, von dem Falle herab in den Kessel zu springen.

Holla, wo denken Sie hin — wissen Sie wohl, daß es beinahe zweihundert Fuß von da hinab sind? Kein Glied von Ihnen würde jemals wieder zum Vorschein kommen, fiel der Wirth lachend ein.

Ich sehe weiter keine Gefahr dabei, als von den fallenden Wassermassen selbst ergriffen zu werden, und dies könnte man dadurch verhüten, daß man von der Insel aus eine Brücke über jene Felsblöcke baute und von dem letzten noch ein langes Schwungbrett über den Sturz hinauslegte, so daß man frei in den Kessel hineinspringen könnte. Ich bin fest davon überzeugt, daß ich unbeschädigt davonkommen würde, versetzte Edward mit großer Bestimmtheit.

Sechstausend Dollars sichere ich Ihnen zu, wenn Sie den Sprung machen wollen, und es sollte mich nicht wundern, wenn Sie zehntausend dabei verdienten, denn jeder Zuschauer würde einen Dollar geben, um es mit anzusehen! rief der Wirth, indem er sich nach Edward vorbeugte und ihn anschaute, als wolle er sehen, ob der junge Mann im Ernst oder im Scherz geredet habe.

Wie ein Lichtstrahl fuhren Edward die Worte des Wirthes durch die Seele — zehntausend Dollars, das war die Summe, für welche er bereits oft sein Leben eingesetzt hatte, und zwar mit weniger sicherer Aussicht auf Gelingen! Zehntausend Dollars brachten ihn an das Ziel seiner Wünsche — zehntausend Dollars in der Hand, konnte er es verantworten, seine Agnes in dieses Land zu holen! Er saß einige Minuten in Gedanken verloren; plötzlich aber sah er dem Wirthe entschlossen in die Augen und sagte: Ich nehme Ihr Gebot an und werde den Sprung wagen.

Ist es Ihr Ernst, werden Sie es unfehlbar thun?

Mein Wort zum Pfande, ich springe von dem Falle in den Kessel, wenn Sie die erwähnte Vorrichtung machen lassen, erwiederte Edward mit vollster Entschiedenheit.

Ich sage Ihnen, Freundchen, das soll uns noch einige Tausend Gäste mehr hierherbringen. Morgen früh sollen die Anzeigen davon in die ganze Umgegend abgesand[illegible] es auch leider zu spät ist, um es in die Zeitungen von New-York einrücken zu lassen. Kommen Sie mit mir in mein Arbeitszimmer, wir wollen sogleich die Ankündigungen aufsetzen, um sie morgen nach allen umliegenden Städten abzusenden.

Edward folgte mit glänzendem Blicke dem Wirthe in seine Stube; dort gab derselbe es ihm schriftlich, daß er ihm sechstausend Dollars für den Sprung zusichere und ihm sein ganzes Vermögen dafür verpfände, und dann wurde die Anzeige aufgesetzt, daß der junge Irländer Sam Patch am Morgen des sechsten October von dem großen Niagarafalle in den Kessel hinabspringen werde.

Diese Anzeige übergab Foresight einem seiner Söhne zum Vervielfältigen, nahm Edward dann mit nach dem Schenktische, ließ eine Flasche alten Madeira bringen und trank mit ihm auf glücklichen Erfolg des Unternehmens. Als der Abend kam, begab sich Edward nach dem Flusse hinunter, um in den Kessel hineinzuschwimmen und die Tiefe des Wassers dort, wohin sein Sprung ihn bringen würde, zu untersuchen. Foresight stellte sich auf den Tafelfelsen, von wo er den kühnen Schwimmer beobachten konnte; er sah ihn, wie er mit gewaltigen Armen gegen die Strömung dem Kessel zueilte, sah ihn in dem Gischt der Wogen verschwinden, erkannte ihn für Augenblicke wieder zwischen dem Schaume und konnte dann für geraume Zeit nichts mehr von ihm gewahren. Nach Verlauf von zehn Minuten erblickte er ihn abermals zwischen dem wirbelnden Wasserstaube, und nun schwamm Edward mit dem Strome herab dem Ufer zu. Als er wieder auf der Höhe bei dem Wirthe erschien, ging ihm derselbe jubelnd entgegen und wünschte ihm Glück zu dieser bestandenen Probe. Edward theilte ihm nun mit, daß ihm in dem Kessel durchaus keine Gefahr drohe, wenn er nur denselben im Sprunge weit genug von der stürzenden Flut erreichen könne; denn die Tiefe des Wassers sei mehr wie hinreichend, um ihn davor zu bewahren, daß er sich auf dem Grunde beschädige. Der Wirth versprach, das Schwungbrett weit genug über den Fall hinauslegen zu lassen und schon am folgenden Morgen mit dieser Arbeit zu beginnen.

Nach dem Abendessen ließ Foresight wieder Wein und Cigarren kommen, und Edward mußte mit ihm trinken und rauchen, und als dieser sich zur Ruhe begeben wollte, wurde ihm ein Zimmer im ersten Stocke angewiesen. Der Schlaf aber kehrte erst gegen Morgen bei ihm ein, so sehr regte ihn der entscheidende Schritt auf, den er zu thun fest beschlossen hatte und der ihn seinem Lebensziele schnell zuführen oder ihm seinen Untergang bereiten mußte. — —

An diesem Abende hatte ein frischer Seewind die Straßen von New-York gekühlt, und Broadway war, als die Sonne sich zu neigen begann, durch die schöne Welt der Stadt ungewöhnlich belebt. Reichste, glänzendste Toilette, rauschende Seide, wehende und winkende Federn und schöne, fröhliche Gesichter sah man auf beiden Trottoirs auf- und abwogen; eine reizende, liebliche Gestalt aber schlich an dem Arme einer Freundin von Gram gebeugt zwischen den Fröhlichen hin, wie wenn Kummer, wenn Leid sich unter das Glück, unter den Frohsinn verirrt habe. Es war Agnes an der Seite ihrer liebreichen, treuen Harriet, die gesenkten Hauptes langsam dahinschritt und für die an ihr vorüberziehende bunte, bewegte Menge keinen Blick hatte. Ihr Anzug war sehr einfach, keine Blume, keine Feder zierte ihren Hut, kein Gold ihren Nacken, und den Schmuck, den ihr die Natur auf das Antlitz gelegt hatte, verbarg sie unter einem dichten Schleier. Sie hatte an diesem Morgen in einer Zeitung die Liste von den Briefen durchgelesen, welche seit mehreren Monaten auf der Post unabgeholt liegen geblieben waren, und hatte unter ihnen einen Brief an Edward Corblair entdeckt. Sie war jetzt, von Harriet begleitet, auf dem Wege zur Post, um diesen Brief in Empfang zu nehmen, damit er nicht in andere Hände kommen und auch nicht vernichtet werden sollte. Der

Corridor in der Post, wo die Briefe angenommen und ausgegeben wurden, war mit Menschen gefüllt, so daß die beiden Mädchen zögernd vor dem Eingange stehen blieben; Harriet aber entschloß sich schnell, sich in das Gedränge zu wagen und den Brief zu fordern. Man machte ihr Platz, und nach wenigen Minuten kehrte sie auch mit dem Briefe in der Hand zu Agnes zurück und reichte ihr denselben hin.

Himmel, von Aringthur! stieß Agnes erschrocken aus und heftete ihren Blick auf das Schreiben, das in ihrer Hand zitterte. Nach einer Weile aber ließ sie dieselbe mit dem Briefe sinken und sagte wehmüthig:

Der Brief ist schon alt und lange vorher geschrieben, ehe wir Irland verließen.

Was mag er nur wohl an Herrn Corblair zu schreiben haben? sagte Harriet, auf den Brief schauend, und richtete ihren Blick dann auf Agnes wie mit einer Aufforderung, das Schreiben zu öffnen. Diese aber verbarg es in ihrem Kleide und nahm dann den Arm des Mädchens, um ihre Wanderung nach Hause anzutreten.

Nach dem Abendessen, während welchem Agnes stumm und niedergeschlagen war, saß dieselbe wieder mit Harriet in ihrem Zimmer, und diese erkannte, daß die augenblickliche, tiefe Traurigkeit Agneses durch den

Empfang des Briefes erzeugt worden war, weßhalb sie sagte:

Warum wollen Sie den Brief nicht öffnen, Fräulein? Es liegt doch kein Unrecht darin.

Er ist nicht an mich gerichtet, liebe Harriet, entgegnete Agnes abweisend.

Aber doch an Herrn Corblair, und an ihn oder an Sie, das ist wohl einerlei. Wer weiß denn, was er enthält — er könnte möglicher Weise eine Auskunft über Herrn Corblair geben, versetzte das Mädchen überredend, und Agnesens Blick belebte sich plötzlich, indem sie sagte:

Du hast Recht, Harriet, es liegt auch kein Unrecht darin, wohl aber ein Recht, da in dem Schreiben etwas enthalten sein könnte, was mir über Edward's Geschick einen Fingerzeig gäbe; ich will ihn öffnen. Bei diesen Worten eilte Agnes zu ihrem Schreibtische, nahm den Brief aus demselben hervor und erbrach ihn. Mit bebender Hand hielt sie ihn dann in den Schein der Lampe und las:

„Mein Lebensretter, mein theuerster Freund! Ich bin von Ihnen, ich bin von Ihrer verehrten Agnes verkannt; ich beschwöre Sie, geben Sie mir die Gelegenheit, Ihnen die Wahrheit, die Innigkeit meiner Freundschaft, meiner Dankbarkeit durch die

That zu beweisen! Ich habe alles gethan, was in meinen Kräften stand, Ihre und Agnesens Wünsche zum Ziele zu führen, Ihr Beider Glück zu gründen; ich habe selbst bei Walcott für Sie um seine Tochter angehalten, wurde aber schnöde zurückgewiesen, obgleich die Stellung, die ich ihm für Sie zusagte, ihn hätte zufrieden stellen müssen; ich habe mich bemüht, von Agnes Ihre Adresse zu erhalten, meine Briefe dieserhalb sind mir ohne Antwort zurückgesandt worden. Jetzt kommt Ihr Schreiben an Ihren Vater, worauf ich meine Hoffnung gesetzt; auch dieses bringt keine Richtung, wohin man Ihnen schreiben kann. So mag denn der Himmel mein Flehen erhören und diesen Brief in Ihre Hände gelangen lassen! Kommen Sie zurück, Freund, es steht Ihrem Glücke nichts mehr im Wege, Walcott ist todt, ich selbst werde Sie mit Agnes zum Altare führen und mir in Ihrer Beider Freundschaft Lebensglück zu schaffen suchen, welches mir ohne diese niemals zu Theil werden kann! Kommen Sie zurück, verlieren Sie keine Minute, ich theile mit Ihnen mein Vermögen.

„Nochmals, kommen Sie und glauben Sie an das Herz Ihres treuen Aringthur.“

Mit jeder neuen Zeile, die Agnes durchflog, steigerte sich

das Beben ihres Körpers, ihre Augen füllten sich mit Thränen, und bei dem Blicke auf den Namen Aringthur brach sie in ein lautes Schluchzen aus und sank, bitterlich weinend, in das Sopha nieder. Sie bedeckte ihr Gesicht mit beiden Händen, und zwischen denselben rollten ihre Thränen auf den Brief hinab, der in ihrem Schooße lag.

Ach, Fräulein! sagte Harriet, von dem Schmerze mit ergriffen, der Agnes sichtbar überwältigte, und legte ihren Arm über deren Schulter.

Großer Gott, vergib mir mein Unrecht; mein Leiden ist gerechte Strafe! jammerte Agnes, indem sie ihren thränenschweren Blick nach oben richtete und ihre gefalteten Hände ringend erhob.

Beruhigen Sie Sich, Fräulein, ich bitte Sie, es ist Ihnen ja nachtheilig, Sich so sehr dem Schmerze hinzugeben! flehte Harriet wieder und schmiegte sich inniger an ihre Herrin.

Ich habe mich schwer, schwer versündigt an diesem edelsten, hochherzigsten aller Männer, und habe mich und Edward dadurch in unser Elend gestürzt — o Gott, vergib mir, klagte Agnes weinend und reichte der treuen Gefährtin den Brief zum Lesen hin. Während diese denselben überblickte, sank Agnes in dem Sopha zurück und bedeckte ihre Augen mit ihrem Batisttuche; sobald aber Harriet das Schreiben durchlesen hatte, ergriff dieselbe in großer Aufregung die Hand ihrer Herrin, preßte sie an ihre Lippen und sagte mit bittender Stimme:

Vielleicht ist es noch nicht zu spät, Ihr Unrecht wieder gut zu machen!

Wie kann ich das, beste, liebe Harriet? Aringthur ist todt! Es ist ja zu spät, es ist ja Alles, Alles verloren!

Noch nicht, Fräulein; jeder Tag, jede Stunde kann Herrn Corblair wiederbringen, vielleicht hat er jetzt schon die Wildniß verlassen und eilt in Ihre Arme zurück. O, bitte, hören Sie auf den Rath Ihrer treuesten Harriet, schreiben Sie an Herrn Aringthur, der Himmel hat ihn wohl doch gerettet! rief das Mädchen und sank vor ihrer Herrin auf die Kniee nieder.

Ja, ja, es soll geschehen; morgen, morgen früh will ich ihm schreiben und ihm alles sagen, was mich so unverzeihlich, so undankbar an ihm handeln ließ! entgegnete Agnes jetzt, indem sie ihre Augen trocknete und dann den Brief wieder nach ihrem Schreibtische trug. — —

Während mehrerer Tage hatte ein kleines Fahrzeug an der Küste gegen den heftigen Westwind und die ungewöhnlich hohe See angekämpft, um den Eingang nach der Bai von New-York zu erreichen. Es war der Alligator, der von Irland zurückkehrte, wohin er an Aringthur die Nachricht von Agnesens Aufenthalt in New-York gebracht hatte. Schon am neunzehnten Tage nach seiner Abfahrt von hier war er an der Küste von Irland erschienen, und der Capitän hatte wenige Tage später selbst die Depesche an Aringthur ausgehändigt, der vor Kurzem erst von England auf seine Besitzung zurückgekehrt war. Derselbe sandte den Capitän am folgenden Tage wieder an Bord des kleinen Schiffes, damit er in aller Eile Alles zur Rückfahrt bereit machen sollte, während er selbst schnell alle Vorkehrungen für eine längere Abwesenheit von Hause traf. Schon vor Ablauf einer Woche befand er sich an Bord des Alligator auf den blauen Wogen des Weltmeeres. Schweres Wetter aber und stürmische See hatten die Rückreise sehr verlängert; oft war das leichte Fahrzeug nahe daran gewesen, von den Wogen verschlungen zu werden, und noch beim Einlaufen in die Bucht bei Sandy Hook war es mit knapper Noth der Gefahr, zu scheitern, entgangen. Während Agnes den Brief an Edward erbrach und las, landete der Alligator an dem Werfte von New-York, und ein Wagen trug Aringthur von dort in fliegender Eile nach dem Astor House.

Agnes hatte den Schreibtisch verschlossen und ließ sich wieder im Sopha nieder, als die Schelle an der Hausthür ertönte und gleich darauf die Stuben-Negerin in das Zimmer trat und bei Agnes einen Freund aus Irland anmeldete, der dringend bitten ließ, einen Augenblick vor ihr erscheinen zu dürfen. Agnes fuhr zusammen, jeder Blutstropfen verschwand unter der Haut ihrer Wangen, mit bebenden Lippen, mit weit geöffneten Augen und nach der nicht ganz geschlossenen Thür hingestreckten Händen erhob sie sich aus dem Sopha, die Thür ging auf und — Aringthur, der todt geglaubte Aringthur trat herein.

Mit einem Schrei aus tiefster Seele stürzte Agnes ihm entgegen und warf sich mit den Worten: Gnade, Verzeihung! vor ihm nieder, indem sie mit erhobenen Händen flehend zu ihm aufsah.

Vergeben Sie, edelster aller Freunde, einer Undankbaren, die sich schwer gegen Sie versündigt hat! rief Agnes wieder und preßte ihre Lippen auf Aringthur's Hand, mit der er sie emporheben wollte.

Fräulein Agnes, ich bitte Sie! stammelte Aringthur, von der Macht des Augenblickes überwältigt, und hob sie gewaltsam auf. Ich, ich bin es ja selbst, der Ihre

Verzeihung erflehen muß — o, sagen Sie es mir, daß Sie mir vergeben wollen, mein ganzes Leben soll es Ihnen danken!

Wo finde ich einen Namen für Sie, für so viel Gutes, so viel Edles? rief Agnes im Ueberwallen ihrer Verehrung, ihrer Dankbarkeit, und drückte abermals ihre Lippen auf des Freundes Hand.

Der Sturm, den das so plötzliche Wiedersehen in Beiden hervorgerufen hatte, verwogte, und die sanfteren, hingebenden Gefühle herzinniger Zuneigung traten an seine Stelle. Agnes führte Aringthur an der Hand in das Sopha und ließ sich neben ihm nieder. Er fragte nicht mit Worten nach Edward, sein Blick aber bat um Nachricht über ihn, und Agnes war nicht im Stande, dessen Namen zu nennen, doch ließ sie Aringthur in ihren Augen das Schicksal des Geliebten lesen. Sie waren allein; Harriet hatte sich aus dem Zimmer geschlichen, und schweigend saßen sie da, Hand in Hand, lange Zeit, als fürchteten Beide sich, dem Schmerze, dem Jammer, der so schwer auf ihren Herzen lag, Worte zu geben. Eine Thräne fiel von Agnesens Auge und unterbrach die Pause, denn kaum sah sie Aringthur in ihren Schooß fallen, als er auch mit seiner Linken Agneses Hand, die in seiner Rechten lag, ergriff und fragte:

Wo ist mein Freund, mein Lebensretter, wo ist Edward, Agnes?

Agnes konnte nicht antworten, ihr Weinen erstickte ihre Stimme, und sie winkte nur mit ihrer Hand, daß er weit, weit von hier sei.

So lebt er doch — Gott sei gedankt! sagte Aringthur mit einem tiefen Athemzuge, als falle ihm eine schwere Last von der Brust.

Agnes sammelte sich gewaltsam und theilte nun, wenn auch mit vielen Unterbrechungen, ihrem Freund. mit, was ihr über Edward's Schicksal bekannt war. Nachdem sie ihren Bericht beendet und alle weiteren Fragen Aringthur's beantwortet hatte, sagte dieser:

Ich werde morgen nach Washington schreiben, wo ich viele nahe Beziehungen habe, und werde unserem Gesandten dort das Schicksal Edward's an das Herz legen. Dann will ich selbst in aller Eile eine Schar befähigter Männer anwerben, die mich begleiten sollen, um Edward aufzusuchen; ich komme nicht zurück, ohne Ihnen sichere, vollständige Nachricht über ihn zu bringen. Morgen früh werde ich sogleich die Bekanntschaft Ihres Freundes, des Herrn Armand, zu machen suchen, und hoffentlich gibt er meinen und ihren Bitten Gehör und begleitet mich bei meinen Forschungen nach unser Beider Glücke

Es war sehr spät geworden und Alles war im

Hause schon zur Ruhe gegangen, als Aringthur sich verabschiedete und Agnes selbst ihn nach der Hausthür geleitete.

Sechsunddreißigstes Kapitel.

Der Schooner. Der Sprung. Der Gefeierte. Ueberredung. Der Zeitungs-Artikel. Eisige Reise. Der Arzt. Die warnende Stimme. Die Sturmfahrt. Feste Entschlossenheit. Das Erkennen. Der Sturz. Nach der Heimat. Großes Glück.

Der sechste October erschien, ein heiterer, sonniger Herbsttag, wie ihn kein Land der Erde reizender und wonniger zu bieten vermag, als der Norden America's. Das canadische und das americanische Ufer des Niagara waren gleich gedrängt mit wogenden Menschenmassen bedeckt, die gekommen waren, um den großartigen Schauspielen beizuwohnen, die heute an dem Niagarafalle Statt finden sollten.

Eine halbe Meile weit oberhalb des großen Hufeisenfalles lag der Schooner „Splendid“ auf dem glänzenden Spiegel des Eriesees vor Anker bereit, um von dort aus seine Fahrt über den Katarakt anzutreten. Von der Ziegeninsel zwischen den beiden Fällen war eine Brücke über die ungeheuren Felsstücke gelegt, die aus den schäumenden Wogen am Sturze des Hufeisenfalles hervorsahen und deren letztes sich unmittelbar vor den hinabschießenden Fluten erhob. Von hier aus war eine sehr lange, starke, mit Bohlen bedeckte Leiter weit über den Abgrund hinausgelegt, an deren Ende ein langes, starkes Schwungbrett noch weiter über die furchtbare Tiefe zeigte und von dessen Spitze Edward Corblair in den schäumenden Kessel hinunterspringen wollte. Auf ihn warteten mit Ungeduld die vielen Tausend Neugierigen, von denen nicht Einer glaubte, daß der verwegene Springer jemals das Tageslicht wieder erblicken würde.

Die Zeit nahte, wo das Schiff seiner Fesseln entledigt werden sollte, und schon waren die Matrosen darauf beschäftigt, dessen Segel zu lösen und sie dem Winde Preis zu geben. Dieselben blähten sich über ihm wie eine Wolke, und der Schooner bäumte sich an seinem Anker wie ein ungeduldiger Renner an zurückgehaltenem Zügel. Es war nicht weit mehr von zehn Uhr, und noch immer strömten die Menschen zu Pferd und zu Wagen heran, um das Schauspiel mit anzusehen. Endlich kam der ersehnte Augenblick, die Segel auf dem Schiffe wurden straffgezogen, das Ruder gestellt und festgebunden, und nun sah man die Matrosen von seinem Verdecke sich in einen Nachen flüchten und das Ankertau des Schooners kappen. In demselben Augenblicke glitt das Fahrzeug stolz und majestätisch über die klare Flut heran und eilte mit jeder Secunde schneller dem Falle zu. Nach wenigen Minuten schon verließ es den glatten Spiegel des Sees und erreichte die hochschäumenden, wilden Wogen über dem Sturze. In Gischt gehüllt, wurde es fortgerissen, bis es plötzlich mit einem dröhnenden Krach gegen einen Felsen rannte, der kaum aus der tobenden Flut hervorsah. Es wankte hin und her, es drehte sich, es stieg auf und nieder und kämpfte wie verzweifelt mit den sich um seinen Körper aufthürmenden Wellen, bis dieselben es plötzlich wieder wie im Triumphe davontrugen. Im Sturmlaufe jagte es nun dem Abgrunde zu, schoß über denselben hinaus, so daß sein Kiel frei in der Luft schwebte, und links und rechts sprangen die erschreckten Thiere, die es auf seinem Verdecke trug, über Bord. Der Bär nahm den weitesten Sprung von dem sinkenden Bugspriet in den Kessel hinab, und der Schooner verschwand zwischen den über ihn stürzenden Fluten, die ihn zermalmten und zersplitterte Masten, zerbrochene Rippen und zerrissenes Segelzeug aus sich hervorschleuderten.

Es war ein ergreifender, großartiger Anblick, als das starke Fahrzeug unter der Gewalt der Wogen in Trümmer auseinander flog; dennoch blieben die vielen

Tausende von Zuschauern auf beiden Seiten des Flusses ohne Zeichen der Aufregung, kein Beifallsruf, kein Hurrah ertönte, und man konnte es erkennen, daß ihr ganzes Interesse auf etwas gerichtet war, was hiernach kommen sollte.

Edward Corblair hatte von der Höhe der Insel dem Schauspiele zugesehen; von Niemandem in seiner Umgebung gekannt, stand er da in Gedanken verloren und schaute auf das furchtbare, gewaltige Element, wie es die Masten des Schiffes wie schwaches Rohr zerknickte und dessen kolossalen Körper in Stücke brach. Und er selbst wollte diesem Elemente Trotz bieten! Wohl erkannte er das Verwegene seines Unternehmens, wohl sagte er sich, daß er diese Gefahr selbst mit seinem eigenen Willen zu sich heraufbeschworen habe und daß nicht das unerbittliche Schicksal ihn an diesen Abgrund führe. Und war es denn nicht dieses Schicksal, das ihn hiehergebracht und ihm hier die Möglichkeit gezeigt hatte, endlich sein Glück, seine Agnes sich zu erringen, war es nicht eine Fügung der Vorsehung, die ihn so sichtbarlich dieser Möglichkeit zugeleitet hatte, und sollte er nun den Muth nicht haben, für dieses Lebensziel, für das er so schwer gekämpft, sein Leben einzusetzen, war ihm Agnes nicht tausend Leben werth, und hatte das Leben ohne Agnes wohl irgend einen Werth für ihn? Mit jeder

Minute, um die er dem Augenblicke näher kam, in dem er sich in den Kessel hinabstürzen sollte, wurde sein Entschluß fester, unbeugsamer, seine Nerven schienen sich in dem Anblicke der Geliebten, die vor seiner Seele stand, zu stählen, und mit eisernem Willen nahm er sich vor, unerschüttert und felsenfest den Sprung auszuführen. Die Tausende, die ihre Blicke auf ihn heften würden, um ihn den Schritt in die Ewigkeit thun zu sehen, sie sollten kein Zögern, kein Bangen, kein Blinzeln mit dem Auge an ihm gewahren; er hatte beschlossen, er hatte gewählt zwischen Agnes und dem Tode!

Da wurde an der anderen Seite des Flusses der Name Sam Patch gerufen, und aus vielen Tausend Kehlen übertönte derselbe jetzt den Donner des herabstürzenden Sees.

Wie elektrisches Feuer durchflog es Edward bei diesem Rufe; man wollte ihn in seinen Tod springen sehen — doch der Gedanke an Agnes hielt seine Hoffnung, seinen Muth aufrecht. Er warf seine Kleidung ab, nur noch ein leichtes, bis an die Kniee reichendes Beinkleid umgab seine Hüfte, und festen, raschen Schrittes eilte er durch seine überraschte, erstaunte Umgebung der Brücke zu, die nach dem Falle führte. Kaum zeigte er sich auf dem ersten Felsstücke über den schäumenden Wogen, als die Luft sich mit dem Donner des Hurrahs erfüllte, womit ihn die jubelnde Menge zu beiden Seiten des Flusses begrüßte. Unberührt aber von dem stürmischen Ausbruche dieses herzlosen, grausamen Verlangens, schritt er ernst und unerschüttert über die Bohlen von Fels zu Fels dem Sturze zu.

Der Sturm, der die unter ihm hinjagenden Wogen begleitete, erfaßte ihn und warf deren Gischt hoch um ihn her, und als er den Rand des Abhanges erreichte, wo die tobenden Fluten sich nahe an zweihundert Fuß in die Tiefe stürzten, überwölbte ihn ein glänzender, in allen Farben spielender prachtvoller Regenbogen, den die goldenen Strahlen der Sonne in dem um ihn aufsteigenden Wasserstaube hervorzauberten. Edward hörte den Donnerjubel des Volkes nicht, er sah nicht die Hüte, die Tücher, die man ihm entgegenschwenkte, er sah nur ein Bild, das Bild, das ihn hierher geführt, das Bild seiner Agnes, und fest und ohne Wanken schritt er nun auf der Leiter über den Abgrund hinaus dem Schwungbrette zu. Auf und nieder schwankte dasselbe mit ihm bei jedem Tritte; das letzte Ende war erreicht, er schaute in die bodenlose Tiefe unter sich, Agnes stand vor seiner Seele, er empfahl sich dem Schutze des Allmächtigen — und mit einem Schwunge aus aller Leibeskraft schnellte er sich von dem Brette weit über den Abgrund hinaus. Die Arme fest an seine Seiten gepreßt und mit verschränkten Füßen flog er in hohem Bogen durch die Luft, schoß pfeilschnell in die Tiefe hinunter und verschwand in dem Schaummeere, das über dem Kessel wogte.

Es war nur ein Schrei, ein Schrei des Entsetzens, der aus so vielen Tausenden von Kehlen von beiden Ufern über den Fluß zog, dann folgte die Stille des Grabes, und Aller Blicke hingen an dem wirbelnden Gischt über dem Platze, wo der Jüngling versunken war. Es war geschehen, das grausige Spiel war vorüber, Sam Patch, der kühne, schöne Schwimmer war von den Fluten verschlungen.

Wohl zehn Minuten dauerte dieses Schweigen und starre Hinblicken auf die wildtobenden Wasser, wie sie aus dem gischtbedeckten Kessel hervorbraus'ten und, den Schaum über sich hinwerfend, den Fluß hinabrollten; da ertönte abermals der Ruf jubelnd und jauchzend: Sam Patch! und Alles wandte die Blicke stromab nach einem dunkeln Puncte, der weithin über den leichten, spielenden Wellen des Flusses sichtbar wurde und sich dem canadischen Ufer zu bewegte. Es war Edward Corblair, der dort auftauchte und dem Lande zuschwamm. Die ganze Volksmenge auf der canadischen Seite strömte nun auf dem hohen Ufer hin, um den wie durch ein Wunder geretteten Jüngling zu sehen und zu begrüßen, und es waren nicht Boote genug an der americanischen

Seite des Flusses, um die ungeduldige Menge nach dem jenseitigen Ufer überzufahren. Edward aber hatte das hohe Ufer schon erstiegen und eilte dem Hause des Herrn Foresight zu, ehe die Neugierigen ihn erreichten. Kaum war er auf seinem Zimmer angelangt und hatte sich in die Kleidung geworfen, die ihm der Wirth aus der nahen americanischen Stadt Lewiston besorgt hatte, so trat derselbe herein, um ihm Glück zu wünschen und ihm zu sagen, daß seine Einnahme sehr bedeutend ausfallen würde. In allen umliegenden Städten waren schon seit mehreren Tagen Sammlungen für den kühnen Springer gemacht worden, und heute während des Schauspiels hatte Foresight eine große Zahl zuverlässiger Männer unter den Zuschauern umhergesandt, um die Gaben, die so freigebig für den schönen, beherzten jungen Mann fielen, in Empfang zu nehmen. Das Glück Edward's kannte keine Gränzen, er hatte das Ziel erreicht, nach dem er so lange vergeblich gestrebt, und nun war Agnes sein. Er wollte sein Zimmer nicht verlassen, er wollte mit seinem Glücke allein sein; da erschallte aber der stürmische Ruf des Volkes nach ihm vor dem Hause, und Foresight erschien abermals in seinem Zimmer mit der Bitte, der Aufforderung Folge zu leisten.

Edward begab sich nun hinunter in das Gasthaus und wurde mit donnerndem Jubel von der dort versammelten Menge empfangen; ein Jeder wollte ihm die Hand reichen, ihm Glück wünschen und von seinen Lippen hören, wie es ihm in der furchtbaren, schauerlichen Tiefe ergangen sei.

Bei dem Mittagsessen, welches im Freien unter einem dazu aus Tannenzweigen errichteten Sonnendache eingenommen wurde, hatte Edward den Ehrenplatz, und wiederholt wurden Toaste auf sein Wohl ausgebracht. Unter den Tischgästen befanden sich viele Bewohner der Stadt Utica und deren Umgebung, die Edward in lauter Rede aufforderten, einen zweiten Sprung von dem Trentonfalle zu unternehmen, welcher sich ganz in der Nähe jener Stadt befindet und der sich kaum sechszig Fuß senkrecht herabstürzt. Sie versicherten ihm, daß dieses Wagestück nur Kinderspiel gegen das bestandene zu nennen sei, und daß er sicher eine noch viel bedeutendere Einnahme dadurch erzielen würde, als er hier gemacht habe. Utica lag auf Edward's bevorstehender Tour nach New-York halbwegs nach Albany, und die Aussichten auf eine nochmalige solche Einnahme zogen nicht ohne Reiz an ihm vorüber. Wohl wurde eine Stimme in ihm laut, die ihn von solchem abermaligen verwegenen Unternehmen zurückhalten wollte und die es ihm als eine vermessene Herausforderung an das Schicksal bezeichnete; dennoch blieb der Reiz in ihm zurück, den der Gedanke an den sicheren, großen Gewinnst erzeugt hatte. Mehrere der Fremden, die noch am heutigen Abende ihre Rückreise nach Utica antreten wollten, erboten sich, die Ankündigung in die Zeitungen der Städte; welche sie berührten, einrücken zu lassen und zugleich Sorge zu tragen, daß dieselbe auch in die Blätter weiter gelegener Orte befördert würde. Sie schlugen vor, den sechszehnten October als den Tag zu bestimmen, an dem er den Sprung machen wolle, und drangen stürmisch in Edward, sich zu entschließen. Dabei brachten sie seine Gesundheit aus und tranken mit ihm auf eine zweite, reiche Einnahme. Edward zögerte und hielt mit einer Erklärung zurück, denn die innere Stimme, die ihn warnte, wollte selbst in der Aufregung, die der Wein in ihm hervorbrachte, nicht schweigen. Er behielt sich Bedenkzeit vor bis zur Abreise der Fremden. Nach Tisch, als er auf sein Zimmer zurückgekehrt war und, mit sich selbst im Kampfe, über die ihm gemachten Vorschläge nachdachte, trat Foresight zu ihm ein und benachrichtigte ihn, daß er über sechstausend Dollars bereits baar für ihn in Händen habe und daß die Sammlungen, welche zu seinen Gunsten in den umliegenden Städten gemacht seien, sicher noch mehrere Tausend betragen würden. Dann redete er ihm zu, den zweiten Sprung von dem Trentonfalle zu machen, der für ihn ja nur eine Kleinigkeit wäre.

Sie sind dann ein reicher, unabhängiger Mann, der von seinen Zinsen leben kann — ich an Ihrer Stelle würde noch zehn solcher Sprünge wagen! sagte der Wirth anfeuernd, als die Fremden von Utica gleichfalls in das Zimmer traten und Edward anzeigten, daß sie sich jetzt über den Fluß fahren lassen wollten, um sich auf den Heimweg zu begeben. Sie drangen nun abermals in ihn, sich zu entschließen und sie zu bevollmächtigen, die Ankündigung in die Zeitungen zu befördern. Er gab nun seine Zustimmung, und die Fremden reis'ten ab.

Bald darauf wurden die ungeheuren Felsen in dem americanischen Falle zur Belustigung der versammelten Menge gesprengt; Abends machten die englischen Reiter ihre Künste, und in der tiefen Finsterniß der Nacht trieb ein großes Floß mit brillanten, nach und nach abbrennenden Feuerwerken auf dem See herab über den Hufeisenfall, während auf beiden Seiten große bengalische Flammen denselben mit Tageshelle beleuchteten. — —

In Agnesens Herzen war die Hoffnung abermals frisch aufgeblüht, denn der Freund stand ihr ja nun hülfreich zur Seite und wollte selbst in die Wildniß ziehen, um den Geliebten aufzusuchen. Auch Armand hatte ihr seinen Beistand zugesagt und sich bereit erklärt, Aringthur auf seiner Forschungsreise zu begleiten. Dieser hatte bereits in öffentlichen Blättern Aufforderungen an mit dem Leben in der Wildniß vertraute Männer ergehen lassen, um während der Dauer seiner Reise in seine Dienste zu treten, und ließ eilig alle Vorkehrungen zum baldigen Aufbruch treffen, damit er noch vor Eintritt des Winters die nördlich gelegenen Indianer-Gebiete, namentlich das Land der Sioux, besuchen könne. Er hatte sich herzlich und eng an Armand angeschlossen, und da sie in ein und demselben Gasthause wohnten, so waren sie beinahe fortwährend zusammen. Die Abende verbrachten sie regelmäßig mit Agnes; sie gingen mit ihr spazieren, machten auch mitunter eine Fahrt mit ihr in das Land, um sie die freie Luft genießen zu lassen, und boten fortwährend Alles auf, um ihre Hoffnung auf Edward's Rückkehr aufrecht zu erhalten und anzufachen. Eines Nachmittags hatten sie Agnes auch überredet, nach einem wenige Meilen von der Stadt an der Straße gelegenen Gasthause zu fahren, um dort den Abend zuzubringen, und hatten die freundliche, theilnehmende Mary

Burton eingeladen, auch Theil an der Fahrt zu nehmen. Harriet, die Agnes niemals verließ, hatte sich zu dem Kutscher gesetzt, und so waren sie denn, als die Sonne weniger drückend schien und die Luft sich kühlte, in dem romantisch gelegenen Wirthshause angekommen. Sie nahmen unter der luftigen Veranda Platz, um dort das Abendbrod zu verzehren, und besprachen wieder die Reise in die Wildniß, die nun bald angetreten werden sollte.

Harriet hatte in dem Gastzimmer eine mehrere Tage alte Zeitung ergriffen und hatte sich damit an das andere Ende der Veranda gesetzt, um die Stadtneuigkeiten darin zu lesen und ihrer Herrin Winke gewärtig zu sein, ohne sie in ihrer Unterhaltung zu stören.

Aringthur theilte Agnes mit, daß er bereits hinreichend Mannschaft gedungen habe, um allen Hindernissen und Gefahren der Wildniß Trotz bieten zu können, so daß ihn nichts in seinem schnellen Vorwärtsgehen aufhalten würde. Er wollte gerades Weges zu den Sioux reisen und dort wo möglich Sturton bewegen, in seinen Dienst zu treten, und Armand übernahm es, seinen alten Freund dafür zu stimmen. Sie waren noch in eifriger Unterhaltung begriffen, als Harriet plötzlich einen lauten Schrei ausstieß und noch einen Augenblick auf die Zeitung in ihrer Hand stierte, dann aber mit derselben zu ihrer Herrin hinstürzte und ihr das Blatt mit den Worten entgegenhielt:

Herr Corblair lebt und ist von dem Niagarafalle herabgesprungen!

Allmächtiger Vater! schrie Agnes, indem sie aufschoß und die Zeitung ergriff; machtlos aber und am ganzen Körper zitternd, sank sie auf den Stuhl zurück und das Blatt entfiel wieder ihrer Hand. Sie wollte reden, ihre Stimme erstickte, und kaum hatte sie noch so viel Kraft, daß sie ihre Hand nach Aringthur ausstreckte und ihm ein Zeichen gab, ihr die Nachricht über Edward vorzulesen. Dieser ergriff das Blatt, während Agnes in Harriet's Arm sank und sich zwischen Leben und Ohnmacht an ihre Brust lehnte. Dennoch winkte sie abermals mit der Hand nach Aringthur hin, der nun laut las:

„Am sechsten dieses Monats fanden großartige Schauspiele am Niagarafalle Statt. Der Schooner Splendid fuhr mit vollen Segeln von dem Hufeisenfalle herab und wurde von den Wogen zertrümmert, ehe er die Tiefe erreichte. Ein junger Irländer, Namens Sam Patch, der bald darauf von diesem Falle in den Kessel sprang, war jedoch glücklicher; denn er tauchte in einiger Entfernung wieder aus dem Flusse auf und erreichte unversehrt das Ufer. Der kühne junge Mann soll mit auffallender Festigkeit und Ruhe dieses unerhörte, entsetzliche Wagniß ausgeführt und sich dabei eine Summe von ungefähr achttausend Dollars verdient haben. Er hat auf den sechszehnten dieses Monats Morgens zehn Uhr wieder einen Sprung angekündigt, und zwar von dem sechszig Fuß hohen Trentonfalle. An reichen Spenden wird es auch diesmal nicht fehlen, wenn der Springer nur abermals glücklich wieder aus den Fluthen auftaucht, um den Gewinnst in Empfang nehmen zu können."

Fort, fort, um Gottes willen, nicht Eine Minute dürfen wir verlieren! schrie Agnes, als Aringthur diese Worte las, und sprang mit plötzlich neu angefachter Lebenskraft von ihrem Sitze auf. Den Wagen, Harriet, den Wagen, schnell, schnell!

In aller Eile wurde das Fuhrwerk wieder herbeigeschafft, die wortlose, zwischen Seligkeit und Verzweiflung schwankende Agnes in dasselbe hineingehoben, die Anderen sprangen in ihre Sitze, und fort ging es im Galopp nach der Stadt zurück.

Dieser Tag war der vierzehnte October, und am sechszehnten, Morgens zehn Uhr, wollte Edward abermals sein Leben auf das Spiel setzen und sich in ein so furchtbares Element hinabstürzen! Der Gedanke daran trieb

Agnes an den Rand der Verzweiflung, und nur die feste Zusicherung Armand's, daß es ausführbar sei, vor dieser entscheidenden Stunde an dem Trentonfalle einzutreffen und Edward an der Ausführung seines Wagestückes zu verhindern, war im Stande, den Hoffnungsfunken in ihr zu erhalten und ihr Fassung zu geben.

Am folgenden Morgen um sechs Uhr befand sich Agnes bereits, von Harriet, Aringthur und Armand begleitet, an Bord des prächtigen Dampfers America auf der Fahrt den Hudsonfluß hinauf nach Albany.

Es war Agnes unmöglich, in der Damen-Kajüte zu bleiben; immer wieder erstieg sie das obere Verdeck und schaute durch die hohen Gebirge auf dem Flusse hinauf mit dem Gefühle, als müsse ihre Sehnsucht den Lauf des Dampfers beflügeln. Und doch, wie zum Verzweifeln langsam zog das schnelle Schiff an den Ufern vorüber, wie ewig lange konnte Agnes die zurückgelassenen Bäume, Felsen und Ansiedlungen noch mit dem Blicke erreichen, und wie entsetzlich träge bewegten sich die Zeiger auf ihrer Uhr!

Der Tag neigte sich, die Sonne versank hinter den blauen Gebirgen, und der Abend breitete sein Düster über die Erde aus. Harriet brachte ihrer Herrin Mantel und Shawl auf das Verdeck; denn je näher sie dem Ziele ihrer Fahrt kamen, um so größer, um so zügelloser wurde Agnesens Ungeduld, die Lichter Albany's zu erkennen, und die Nachtluft war frisch und kühl. Endlich, endlich tauchte der helle Lichtschein, der die Stadt bezeichnete, über dem dunkeln Flusse auf, und gegen sieben Uhr legte das Schiff an dem Werfte Albany's an. Ein Wagen trug unsere Reisenden eiligst in den Gasthof, und Aringthur beauftragte den Wirth, sofort einen leichten Wagen mit den beiden besten Pferden, die sich in der Stadt befänden, für ihn anzuschaffen und ihn mit einem Kutscher zu versehen, der des Weges nach Utica vollkommen kundig sei. Er gab ihm dabei Vollmacht, diesen Auftrag zu irgend einem Preise auszuführen.

Die Macht des Goldes war siegreich; vor Ablauf einer Stunde saß Agnes mit ihren Gefährten in einem leichten Wagen, der, von zwei edlen Rossen gezogen, die Stadt Albany in fliegender Eile verließ. Die Nacht war nicht sehr dunkel, so daß der Kutscher leicht den Weg erkennen und die gefahrvollen Stellen auf demselben vermeiden konnte.

Schweigend saß Agnes in ihren Mantel gehüllt, und tausend beseligende, tausend entsetzliche Bilder stiegen vor ihrer stürmisch bewegten Phantasie auf; bald flog sie dem Heißgeliebten an das treue Herz, bald sah sie ihn in den Abgrund springen und die Fluten sich über ihm schließen, bald schlug ihr Herz hoch und hoffnungsbelebt, bald setzten seine Schläge aus, und es zog sich in kalten Schauern krampfhaft zusammen. Ihre Begleiter unterbrachen sie nicht in ihrem Gedankenlaufe; das Ernste, das Entscheidende des Augenblickes hatte auch sie überwältigend ergriffen. Fort ging es über Berg und Thal durch die Nacht dahin, ohne Rasten, ohne Ruhen, und der neue Tag, das Tageslicht des sechszehnten Octobers, stieg am Himmel auf. Der Kutscher erklärte, daß die Pferde nicht länger aushalten könnten, wenn sie nicht einige Stunden Rast bekämen, und trieb sie zu letzter Kraftanstrengung an, um einen kleinen Ort zu erreichen, durch welchen die Straße führte. In dem Gasthause dort angekommen, setzte Aringthur abermals die Gewalt seines Geldes ein und kaufte von dem Wirthe zwei frische Pferde, die sofort vor den Wagen gespannt wurden. Nach kaum einer halben Stunde waren die Reisenden wieder unterwegs, und zwar im Sturmlauf, denn Aringthur hatte dem Kutscher eine große Summe geboten, wenn er ihn zeitig an den Trentonfall bringe.

Es war acht Uhr, als die schaumbedeckten Rosse mit dem Wagen in gestrecktem Galopp in die Stadt Utica hineinsprengten und dort einen Gasthof erreichten.

Noch dreizehn Meilen Entfernung lagen zwischen dieser Stadt und dem Trentonfalle, und wenn zwei frische Pferde anzuschaffen waren, so konnte Agnes mit ihren

Begleitern noch vor der furchtbaren, entsetzlichen Stunde, vor zehn Uhr, das Ziel erreichen. Der Wirth aber erklärte, daß in ganz Utica auch nicht ein einziges Fuhrwerk sich befinde, daß sie sämmtlich mit Neugierigen nach dem Trenton gefahren seien, die den Irländer Sam Patch seinen letzten Sprung machen sehen wollten. Agnes verfiel der Verzweiflung, umsonst bot Aringthur Gold, so viel man fordere — der Wirth blieb dabei, daß keine Pferde zu haben wären, und die beiden, welche den Wagen hiehergezogen hatten, waren nicht im Stande, die Reise fortzusetzen. Agnes wollte nicht in das Haus gehen; sie sah in ihrer Angst, in ihrer Verzweiflung die Straße auf und nieder — da rollte ein offener Wagen, mit zwei Schimmeln bespannt, in dieselbe hinein und fuhr nicht weit von dem Gasthofe vor ein Haus.

Wem gehört der Wagen? fragte Aringthur den Wirth schnell.

Einem Doctor, der vor der Stadt wohnt und jetzt seine Krankenbesuche macht, entgegnete der Wirth, und noch ehe der Doctor aus dem Wagen gestiegen war, stand Aringthur an dessen Seite und begrüßte den Arzt.

Die dringendste Nothwendigkeit fordert es, daß ich zwei Pferde augenblicklich anschaffe, die mich nach Trenton bringen, und ich rufe Sie um Ihren Beistand an, mir dazu zu verhelfen, mein Herr! Verkaufen Sie mir

Ihre beiden Schimmel, sagte Aringthur mit einer höflichen Verneigung und flehender Stimme.

Der Arzt sah ihn verwundert und, wie es schien, nicht angenehm berührt an und sagte dann:

Ich bin kein Pferdehändler, mein Herr, dem man auf offener Straße die Gäule feil macht und ausspannt.

Verzeihen Sie, Herr, es hängt das Glück, das Leben mehrerer edlen Menschen an diesen Minuten, haben Sie Barmherzigkeit und verkaufen Sie mir die beiden Pferde; es ist mir kein Preis für dieselben zu hoch! fuhr Aringthur in höchster Aufregung fort und warf einen Blick nach Agnes, die sich an Harriet aufrecht hielt und nach ihm hersah.

Sie setzen mich wirklich in Erstaunen, mein Herr, aber wie kann ich denn selbst die Pferde entbehren? versetzte der Arzt weniger schroff.

Ich zahle Ihnen zweitausend Dollars für die beiden Thiere, und ich bitte, ich beschwöre Sie, lassen Sie dieselben sofort in jenen Wagen spannen! sagte Aringthur, indem er eine Brieftasche hervorzog und zwei Banknoten, jede von tausend Dollars, daraus hervornahm.

Schnell, Dick! rief jetzt der Doctor lachend seinem schwarzen Kutscher zu; schnell, bringe die Gäule vor jenen Wagen, du kannst den meinigen heute selbst nach Hause ziehen!

Bei diesen Worten empfing er von Aringthur das Geld; dieser empfahl sich mit einigen Worten des Dankes und eilte dann zu Agnes zurück, um sie ihrer Angst zu entreißen. Er führte sie wieder an den Wagen, hob sie in denselben hinein, Harriet setzte sich zu ihr, und dann waren Aringthur und Armand dem Kutscher behülflich, die beiden gekauften Schimmel schnell vor das Fuhrwerk zu spannen. Eine halbe Stunde war verloren gegangen, dennoch war es möglich, noch vor zehn Uhr den Fall zu erreichen, wenn kein unvorhergesehenes Hinderniß sich ihnen in den Weg legte.

Der Kutscher hatte seinen Sitz wieder eingenommen und ließ die muthigen Rosse mit dem Wagen davonsprengen, als der Doctor Aringthur im Vorüberjagen zurief:

Sie kommen noch zeitig hin, um den tollen Irländer ertrinken zu sehen! —

Das enge Thal, in welchem sich der West-Canada-Fluß über kolossale Felsmassen sechszig Fuß hoch herabstürzt und den sogenannten Trentonfall bildet, war Kopf an Kopf mit Zuschauern gefüllt, die auf das Erscheinen des verwegenen jungen Mannes, Sam Patch, warteten, um ihn von der Höhe des Katarakts in den Abgrund springen zu sehen.

Edward Corblair saß oberhalb des Wasserfalles

zwischen den Felsen, und in einiger Entfernung von ihm stand der alte Hausneger des Wirthes in dem nahen Städtchen Trenton, bei welchem er seit einigen Tagen wohnte, und wartete darauf, daß er ihm seine Kleidung einhändige, um sie hinunter an das Ufer zu tragen, wo Edward nach vollbrachtem Sprunge zu landen gedachte.

Ein anderer Geist hatte sich Edward's bemächtigt, als der, welcher ihn vor seinem Sprunge vom Niagarafalle beseelte. Er fühlte nicht jene eiserne Nothwendigkeit in sich, die ihn damals an den schwindelnden Abhang führte; es war nicht die unerbittliche Hand des Schicksals, die ihn unaufhaltsam vorwärts zog und ihm nur die Wahl zwischen dem Besitze der Geliebten seines Herzens oder dem Tode ließ; es war jetzt sein freier Wille, der ihn der Gefahr entgegenführte, denn das bereits gewonnene Geld reichte hin, eine sichere Lebensstellung für sich und seine Agnes zu gründen. Es war ein unklares Gefühl in ihm, welches ihn, wie eine warnende Stimme, von diesem verzweifelten Unternehmen abhalten wollte; sein Verstand aber drängte es zurück und läugnete die Größe der Gefahr ab. Er hatte das Wasserbecken, in welches der Strom sich stürzte, sorgfältig durch mehrfaches Tauchen untersucht, so daß er genau wußte, daß keine Klippe, keine dort versunkenen Baumstämme ihn gefährden konnten, und die Höhe des Falles war so sehr bedeutend geringer, als die, welche er am Niagarafalle durchflogen hatte, daß er sich jede Gefahr damit ausredete. Es stand auch nicht, wie damals, einzig und allein das Bild seines geliebten Mädchens vor seiner Seele; er dachte zugleich an die Anordnungen, welche seine Freunde in Utica zu seinen Gunsten gemacht hatten, um eine möglichst hohe Einnahme für ihn zu erzielen, und sonderbarer Weise trat jetzt auch wiederholt die Teufelsklippe und der Hirsch vor seine Erinnerung, an die er bei seinem Sprunge vom Niagarafalle gar nicht gedacht hatte. Der Gedanke daran war ihm unangenehm, zumal, da mit ihm auch der reiche Aringthur in seinem Gedächtnisse erschien, und er suchte sich dann selbst die Nothwendigkeit einzureden, daß er diesen zweiten Sprung für den Besitz seiner Agnes wagen müsse. —

Es fehlten nur noch zehn Minuten an zehn Uhr, als der Wagen, der Agnes herantrug, donnernd auf der rohen Straße dem Trentonfalle zuflog, und der Kutscher Hieb auf Hieb die schwere Peitsche auf die Schimmel schlug, daß die Thiere wie rasend mit dem leichten Fuhrwerke dahinsaus'ten.

Die Gäule gehen zu Grunde, Herr! schrie der Kutscher Aringthur zu.

Wenn sie nur den Fall noch vor zehn Uhr erreichen — schone sie nicht, es gilt ein Menschenleben! rief

Aringthur dem Burschen als Antwort zu, und fort jagten die Rosse, daß es Funken unter ihren Hufen sprühte.

Es war zehn Uhr; Edward sah auf seine goldene Uhr, die ihm der Herzog von M. geschenkt und an die sich einst so schöne Hoffnungen geknüpft hatten. Er winkte den alten Neger zu sich heran, reichte ihm die Uhr, empfahl ihm an, sie gut zu bewahren, entledigte sich dann seiner Kleidung, die er gleichfalls dem Diener übergab, und beschied denselben nun, hinunter an den Fluß auf die bezeichnete Stelle am Ufer zu gehen und dort ihn zu erwarten.

Jetzt wurde auch die harrende Volksmenge laut, und der Ruf: Sam Patch! wogte zu Edward durch die Felsenschlucht herauf.

Festen Trittes schritt er der Brücke zu, die für ihn über die Felsen zwischen den schäumend dahinjagenden Wogen errichtet war, und er zeigte sich kaum auf der Höhe des Falles, als die wilden stürmischen Hurrahs der aufgeregten Menge ihn empfingen. Er hörte sie, er sah die unzähligen Hüte und die Tücher wehen, die man ihm entgegen schwenkte, und dachte an den großen Gewinn, den ihm eine solche ungeheure Zahl von Zuschauern liefern müßte. Fest und entschlossen schritt er über die Leiter und auf das Schwungbrett, stand an dessen Ende über dem Abgrunde und ließ das Brett auf und niederschwingen, um weit genug über den Sturz der Wogen hinaus zu springen — da theilten sich plötzlich die Volksmassen, auf die er hinabblickte.

Edward, Edward — zurück, deine Agnes ruft dich! schrie es zu ihm herauf; er sah hinunter in die wogende Menge, er sah Agnes an Aringthur's Hand heranstürzen, seine Sinne schwanden, er verlor das Gleichgewicht, der Hirsch und die Teufelsklippe standen vor seiner Seele — und wirbelnd saus'te er hinunter in die grausige Tiefe, wo ihn die stürzenden Wogen begruben.

Agnes sah Edward fallen, sie hob ihre Arme nach ihm auf und sank laut- und leblos zusammen.

Die Wasser stürzten fort und fort in den Abgrund nieder und hoben sich als hochschäumende Wogen aus dem Kessel empor — keine aber brachte Edward wieder an das Tageslicht!

Ohne ein Zeichen von Leben trug man Agnes in das Gasthaus des nahen Städtchens Trenton, wo bald ein Arzt zur Stelle gebracht wurde, dessen Bemühungen, sie aus ihrer Erstarrung zu erwecken, lange Zeit erfolglos blieben. Als aber endlich das Leben in sie zurückkehrte, war ihr Seelenzustand ein herzzerreißender; sie weinte nicht, sie jammerte und klagte nicht, stumm und verzweifelt saß sie da, das Bild des entsetzlichsten Leidens, des tiefsten Elends. Alle Liebe, alle Freundschaft, alle

Pflege ihrer Begleiter konnten sie nicht aus ihrer stummen Verzweiflung reißen, es schien ihr kein Gedanke geblieben zu sein, als der an den Augenblick, wo Edward von den Wogen verschlungen wurde.

Die Rückreise nach New-York ging sehr langsam von Statten; dort aber willigte Agnes ein, baldmöglichst nach ihrem Vaterlande zurückzukehren.

Schon im November schiffte sie sich unter Aringthur's Schutz mit Harriet und mit Mary Burton auf einem Paketschiffe nach Liverpool ein, denn Aringthur hatte der ehrlichen, treuherzigen Mary eine sorgenlose, unabhängige Existenz in ihrer Heimat zugesichert.

Ein Jahr später verließ Armand gleichfalls die Vereinigten Staaten, um nach Deutschland zurückzukehren, und folgte Aringthur's dringendem Wunsche, ihn auf seiner Rückreise in Goldspring zu besuchen.

Glück und Friede war in das Haus Aringthur's eingezogen, denn Agnes Walcott war Lady Aringthur.

Ende.

CPSIA information can be obtained
at www.ICGtesting.com
Printed in the USA
LVHW040401200422
716646LV00005B/273

9 783752 596885